LA VIE
AVEC UN
CHAT

猫と生きる。

猫沢エミ
Emi Neccozawa

天然生活の本

愛は生きているうちに。
生きながらブルースに葬られないように。

真舘嘉浩 – waters / orgasmo

Aimez-vous tant que vous vivez
Ne jamais s'enterrer vivant
dans le blues de l'été
Profitez-en tant que vous le pouvez

目次

Table des matières

猫と生きる。

猫沢エミ

L'équipe
スタッフ

Tokyo
撮影●著者（P.12〜14, 102, 148, 171, 196, 222, 235）、
南部恭子（P.164）、山川修一（P.238〜246, 268）、
わだりか mobiile,inc.（P.147, 262, 265〜267, 269）

Paris
コーディネイト●寺尾 恵
撮影●Mika Inoue（P.248〜260）、新村真理（P.250上）

カバー、表紙イラスト●鈴木さや香
カバー、表紙フランス語題字●著者
P.2 フランス語レタリング●Yann Lazoo

Index des photographies
写真キャプション

Tokyo

P.12	2011年12月	仔熊のような愛らしさのピガピンジェリ、生後2ヵ月。
P.13	2020年8月	いちばん元気だった頃のイオとユピテル、恋猫たちのお昼寝。

Paris

P.14	2004年1月	ピキ8歳、パリ20区・ナシオンのアパルトマンで。
P.102	2003年12月	パリへ移住してから約3ヵ月後のピキと著者。

Tokyo

P.147	2012年10月	光を追うユピテル（生後3ヵ月）とピガピンジェリ（1歳）。
P.148	2020年10月	イオと著者。白くて長い、幸せな午後。
P.164	2019年8月31日	保護直後のイオ。動物病院へ向かうタクシーの中で。
P.171	2019年9月	ピガを見たイオの初めてのシャー！
P.196	2019年10月	保護から1ヵ月半頃のイオ、かわいいペロリ。
P.222	2020年11月	思慮深く美しいイオの横顔。
P.235	2021年3月12日	「イオちゃん、天国タクシーが来るよ！」

はじめに

〝生〟という光の中にあるもの

初対面の方に、「猫沢さんというお名前は本名ですか?」と聞かれることがある。そんなとき頭をよぎるのは、私に猫と生きる人生の素晴らしさを最初に教えてくれた、初代愛猫・ピキの面影だ。

「猫沢エミ」という芸名は、1996年6月、私が日本コロムビアからシンガーソングライターとしてデビューする少し前に、当時の事務所社長と決めた名前だった。この時代の女性ミュージシャンには国籍不明な雰囲気のアーティストネームが多く、私も一瞬憧れはしたものの、自分のキャラクターには不釣り合いだと思って、苗字と名前がある芸名を選んだ。だからといってなんでまた猫? しかも猫沢ってなに? 売れない少女漫画家みたい……だの、友人からの評価は散々だったのを覚えている。理由はふたつあった。まず、私の顔はどこから見ても猫面で、初めて会う人に一発で名前を覚えてもらうのに好都合だったこと。もうひとつは、デビューの1ヵ月前にピキと出逢って暮らし始めた、猫好きが所以《ゆえん》だった。とはいえ、18歳で上京してから26歳のデビューを迎えるまで、ずっと貧乏暮らし（デビューしてからもそこは変わらず……）の身では、猫を飼いたくとも飼うことができず、いわば〝エア猫飼い〟でしかなかったが、ある日、猫を飼う人生が向こうからやってきたのだった。そのパートナーがピキであり、出会った当時は思いもしなかった、その後の海を越えて外国で共に暮らすという、人生の珍事の始まりでもあった。

ピキは13歳11ヵ月の猫生をまっとうし、2010年の春、この世を去った。30歳を超えてから、ひとりフランス・パリへの移住を決めたとき、主人の大きなスーツケースと共に、彼女は秋のシャルル・ド・ゴール空港へと降り立った。パンを買う程度の初心者観光フランス語しかできなかった当時の私。文化も習慣も違うフランスで何か問題が起きたとき、彼女を守れるかどうかもわからない飼い主の、今思えばずいぶん強引で無鉄砲なパリへの拉致《らち》だったように思う。ただ、私はピキと離れて暮らすことがどうしてもできなかったし、また彼女も同じく私と離れることはできなかった。ひとりぼっちの海外、初の移住。その孤独で辛いことも多かったパリ初期の、不安定な私の心を支えてくれたのは、白黒の恥ずかしがりやな一匹の日本猫だった。

そもそも、自分の面倒も見きれないのに猫を飼うだの、ましてや猫を海外に連れて行くなんてそんなことができるのか？　と、当時私とピキを遠巻きに眺めていた人たちは思っただろう。それはパリ移住時に限らず、ピキをゴミ箱から救い上げた出逢いの頃、わずかな収入しかなかったデビュー前の、名もないミュージシャン時代から変わらず抱かれていた印象ともいえる。特に、動物と幸せに暮らすための住環境を見つけるのがなかなか難しい日本の首都・東京で、それを補う収入も満足にない飼い主が、どうやって愛猫を幸せにできるのか？　と、首をかしげられてもおかしくなかった。けれど、ピキを拾ってしまった瞬間、幸せな苦労を覚悟したのは言うまでもなかった。実際にその後、幾度もの大きな決断を迫られるのだが、その選択は、いつも私に新しい人生の扉を開いてくれた。

ピキを連れてパリで暮らした日々は、そのまま私自身の激動の成長期と重なっている。30代前半に、仕事での立場が確立し始めた矢先の、突然の渡仏。突然、というのはあくまでも周りから見た私の急な行動に対しての印象だったと思うが、一度海外に出てみたいと思う気持ちは、20代前半からあった。どうしたら海外へ行くお金を工面できるのか？　行った先で目標を見失わず、何かをつかむために今の自分に必要なものは？　そんなことを考えながら日々、目の前にある仕事や食べていくための生活と向き合って、少しずつ、少しずつ、夢を現実に近づけていったあの頃。新しい人生を探し、国をまたいで右往左往する身勝手な飼い主に、ピキがくれた安らぎは途方もなく大きなものだった。

そんな彼女が、私の目の前から消えてしまったときの哀しみは、今も筆舌に尽くし難い。経験したことのない、幼い我が子を失ったような強烈な喪失感。けれどそこでピキは、猫生の最後を飾る、贈り物のような素晴らしい人生観を私に与えてくれた。そして、その後に現れるピガとユピ。彼らの教育はすべてピキとの経験から与えられたものだ。特にピガは長男だったので、ピキの子育ての反省点を改善して、もっと密な親子関係を心がけた。ピガが品行方正な子に育ってくれたおかげで、ユピの教育はほとんどピガに任せていた。弟に甘い優しいお兄ちゃんの教育でちょっぴり甘ったれなユピも、周りの空気に敏感な気遣いのできる優しい子に育った。そんな、ピキから続いた命のリレー。優しい男子ふたりが迎え入れたのは、運命の猫・イオだった。イオが猫生の最後にたどり着いた我が家というサンクチュアリには優しい男の子が2匹いて、彼女が旅立つその日まで手厚く見守ってくれた。４匹の命のバトンリレーが見せてくれた愛と尊重は、そのままイオが私にくれた大いなる死生観そのものだった。

人間よりも短命な動物を愛することにかならず伴う、最後の苦しみ。命のリレーがもたらしたイオの穏やかな旅立ちを通して、大切な存在をいつかかならず見送る運命を背負った私たちが、愛する者をどう愛しきるのか、ぜひ一緒に考えて頂けたらと思う。

今回の『猫と生きる。』復刊は、奇しくもイオのがんの発覚以前に決まっていたことで、まさかこの本にイオの章を書き加えることになるとは夢にも思っていなかった。そのうえ『猫と生きる。』旧版の装幀を手がけた親友、真舘《まだち》嘉浩《よしひろ》さんが、イオ逝去の３日後に急逝するなど無論、つゆほども。『猫と生きる。』復刊に当たって、私の原動力となったのは、まさしくイオと真舘さんの命の軌跡を残したいという強い気持ちだった。執筆中、インスピレーションの源となって、ずっと私の傍にいてくれたふたりには、この場をお借りして「心から感謝してるよ」と伝えたい。そして、「世界でたったひとつの命と向き合い、生きて見送ることはいつも〝生〟という光の中にある」というふたりからのメッセージをみなさんにお伝えしたいのだ。

Roland

第1章

夜明け前

L'aube

始まりの物語

1996年、5月初旬。雨のそぼ降るどんよりと暗い日だった。当時26歳になったばかりの私は、シンガーソングライターとして1ヵ月後にメジャー・レーベルからのデビューを控え、ファースト・アルバムのレコーディングが、ちょうど終わった頃と記憶している。ミュージシャンがメジャーからデビューすると聞くと、生活の心配などひとつもない、安穏な暮らしが保証されているかのようなイメージを持たれやすいものだが、現実は安い給料でハードな活動をよぎなくされる。

バブル崩壊後の日本社会で、その中でもわりと長く保たれていた音楽業界の好景気は、2000年を境に降下し始めた。私がデビューした年は、そこへ行き着くまでに、まだ4年ほどの猶予があり、加えてバンドではなくいわゆるピン（ひとり）でのデビューだったから、今のミュージシャンたちに比べれば、契約条件は決して悪いものではなかったと思う。ただこの頃は、まだ契約前で給料も発生していない時期だったので、レコーディングやデビューのための準備日以外は、カフェでほそぼそとアルバイトをして食いつないでいる状況だった。若く、人間として未熟だった私は、バイト先でも集団の空気に馴染めず厄介者扱いで、トイレ掃除ばかりに回されていた。その日も、行かねば……行かねば……と思いながら、どうしても休んでしまいたい衝動にかられて、熱があるなどと見え透いた嘘をつき、バイトを休んでしまった。

春の終わりの細やかな雨は、夜までずっと降り続いていた。ぱっとしない後ろめたい気分で、借りていたマンションのゴミ捨て場へ大きな袋を抱えてゴミ出しに行ったとき、今まで聞いたことのないような甲高い仔猫の鳴き声があたりに響いた。その声には、か細いながらも必死さが滲《にじ》み出ていた。すかさず周囲を見渡したが、どこにも仔猫らしき姿を見つけることができない。すると、ゴミ捨て場に積み上げられた袋のひとつ、コンビニエンスストアの小さなポリ袋がガサリ……と動いた。しばらくその場でじっと目をこらしていたら、またガサリと動き、中から「みゅー」という、得もいわれぬかわいい鳴き声が聞こえてきた。持っていたゴミ袋を思わず地面に落とし、すぐさま駆け寄って袋を取り上げてみたところ、その大きさのゴミ袋にしては妙な重さがあり、生ぬるい温度が伝わってきた。声の主はこの中にいるらしかった。思わず「あっ」と声を上げてしまったのは、袋の結び目をほどこうとした瞬間だった。その袋は、よくやる持ち手の部分両方を結んだものではなく、ケーキの箱を結ぶのに使われるような細い紐を使って、口のところをぐるぐる巻きに縛られていたのだ。ほどけそうにもない紐の結び目に痺《しび》れを切らして、かまわず袋の真ん中を両手で引き裂くと、白黒の生き物が飛び出してきた。それは手のひらに乗るくらいのサイズで、やっと猫の形になったばかりの小さな小さな生き物だった。両手を広げてバンザイをするような恰好で袋から飛び出してきた仔猫は、暖かい雨に打たれて「みゅー！」と甲高く鳴いた。これが、ピキと私の出逢いだった。

あまりにもかわいらしくて涙が出たのを覚えている。それと同時に、こんな酷《ひど》い捨て方をする人間がいるのかと、怒りが込み上げてきて悔し涙も溢れた。ポリ袋が外側から紐で縛られていただけでなく、ピキは生ゴミと一緒にその中へ入れられていたのだ。明らかに、死に至らしめることを目的とした蛮行だった。生ゴミの回収日は翌朝だったが、ポリ袋の中に封じ込められていた空気は、あとどのくらい保ったのかを考えると恐ろしかった。息絶えた小さな体が、ゴミ回収車の大きなローラーに巻き込まれてゆく場面を想像して、背筋が凍った。バイトをずる休みした後ろめたさは跡形もなく消え、こうなる運命だったのだと、このときばかりはサボった自分を褒めてやりたい気持ちになった。生ゴミにまみれた小さな体を抱きかかえて家の中へ駆け込むと、すぐさま洗面台にお湯を張って小さなお風呂を作り、汚れた体を洗ってあげた。すると気持ちよさそうに四肢をぐーんと伸ばしたピキは、にゃむにゃむと鳴きながら、まだ開いたばかりの色も定まらない灰色がかった目で、じっとこちらを見つめるではないか。そのとき、彼女を幸せにすると私は覚悟を決めた。いきなり仔猫を抱いて家に駆け込んできた同居人に、ボーイフレンドは驚いていたが、「この子を飼わないなどという選択肢はない」ときっぱり言いきる私の語勢に気圧《けお》されて、あっさりと同意してくれた。彼がわりと動物好きな人で、前の彼女が置いていった白茶のうさぎが、すでに同居動物として暮らしていた。そしてここは、都内の賃貸マンションにはめずらしく、動物飼育が許可されている物件だったというのも、飼うことを容易《たやす》く受け入れてくれた理由だったかもしれない。

それよりなにより、仔猫のかわいらしさは有無を言わせぬ強烈な愛着を、一瞬で私たちに抱かせた。かわいい……なんだこの、気も狂わんばかりのかわいさは。お風呂に入ってご満悦のピキを、こたつの電熱の下にそっと置いた。すると再び四肢を広げ、仰向けになって眠ってしまった。スケールがなかったので正確なサイズは測れなかったけれど、体の大きさは、ちょうどタバコの箱をふたつ横に並べたくらいだっただろうか。実はこのとき、この子にはまだ名前がなかったが「1匹で拾われたから、ピキ」という安易な理由で、自然に〝ピキ〟と呼ぶようになっていった。

翌日、近所の動物病院へ予防接種も兼ねて連れて行くと、体の大きさや体重から、ピキは生後3

週間くらいのメス猫だということがわかった。逆算してみて驚いた。なんと誕生日が、私と同じ4月14日だったのだ。もちろん、同じである確証はどこにもない。それでも、この偶然は私に運命的なものを感じさせるのに充分だったし、これはもう神様がくださった宝物だと思うしかなかった。先生は、ピキの脚を触って「手足の骨が太いね。この子は大きな猫になるよ。ボスクラスだ」そう言って笑った。それから「どの猫も仔猫のうちはみんなかわいいものだけど、半年もしないうちにびっくりするほど大きくなるんだよ。だけどね、大きくなった猫もそりゃあかわいいものなんだよ」と、付け加えた。そのときは、なぜそんな当たり前のことを先生がわざわざ口にするのかと不思議だったが、今思えば、若く気まぐれそうな飼い主の私が、簡単に飼育を放棄するのではないかという不安を感じたのだと思う。確かに見た目もチャラッとしているうえに、自分を食べさせるのが精一杯の売れないミュージシャンでは、先生が不安を感じても少しもおかしくなかった。かたや同居人のボーイフレンドも、当時、私と同じくデビュー目前のミュージシャンだった。ふたりとも運よくメジャー契約へとこぎつけてはいたものの、将来設計などゼロに等しい、その日暮らしの風来坊。しかも猫を飼った経験はどちらにもなく、動物病院の帰り道に書店へ寄って、《猫の育て方》という本を買うような有様だった。

先生の指導と本を頼りに、手探りの仔猫飼育が始まった。まず、通常、仔猫を保護団体やブリーダーなどから譲り受ける場合、生後3ヵ月あたりまでは母猫と引き離さずに母乳で育てて、トイレやその他、猫としての基本行動を母猫から学ぶのが一般的だし大切なのだという。それに比べると、ピキはあまりに小さすぎた。哺乳瓶を使わずに自力でミルクを飲めはしたが、離乳も始まっておらず、最初はミルクだけの飼育が必要だった。最初の1週目は、ミルクを3〜4時間おきに与えなくてはいけない。まだうんちも自力ではできず、母猫がいれば授乳のあとに仔猫のおしりを舐めて排泄を促し、きれいに舐め取ってくれるのだが、その役目も代わりにしなければならない。いくら名前が猫沢とて、人間の私に舐めてきれいにする術はないから、ぬるま湯に浸したガーゼをおしりに当てて、くるくるマッサージをする。すると、ちっちゃな肛門からやわらかいうんちが出て、それをきれいに拭き取る。所作は難しくないのだけれど、昼も夜も、ピキがミルクを欲しがる回数だけやらねばならない。温度に気をつけながらキャットミルクをぬるま湯で溶いて作ることも含めて、人間の赤ちゃんを育てているのと大差ない手間と時間が必要だった。この頃の私は、まださほど忙しい時期ではなかったので、彼と交替で仔猫のピキの世話ができたのはラッキーだった。

ピキはミルクをたくさん飲んですくすくと育ち、離乳食（やわらかい仔猫用ベビーフードと、お湯でふやかした仔猫用のドライフードを混ぜたもの）への移行もスムーズだった。けれど、やっぱり母猫との早すぎる離別は成長の過程でいろいろな問題となって現れた。たとえばトイレをなかなか覚えてくれないことや、食事のしかたがきれいでないなど。それと、捨てられる以前のピキがどんな環境で、どんな扱いを受けていたのか想像するのも怖かったが、いくらかわいがってもなかなか心を開いてくれず、ブリキのバケツの中で小さく丸まって眠る日が続いた。拾って育てたことが正しかったのだろうか？　と思う日も1日や2日ではなかったけれど、ときおり見せるあどけない表情が、モヤモヤした感情を一掃してしまうのだった。今思えば、幼児期の猫の扱い方を知らない猫飼い初心者の私にも、足りないところがたくさんあったはずだ。もっともっとスキンシップを密にすべきだったのに。幼い仔猫と幼い猫母――当時のことを振り返ると、ピキと同じくらい私自身も幼かったと思う。

ピキを拾って1ヵ月経った頃、私は〝猫沢エミ〟という名前のミュージシャンとして世に出ていった。もともと、9歳でクラシックの音楽家を目指し始めて、コンテンポラリー・パーカッションという器楽の中でも特殊な分野のプロフェッショナルになりたかった私は、音大の打楽器科を卒業後、ひょんなことからポップスのパーカッショニストになり、これまた考えもしなかった歌手としてデビューすることになった。メジャーのレコード会社と契約し、デビューするミュージシャンには様々な分野から上がってきた人がいたが、現代音楽にどっぷり浸かった打楽器のプレイヤーが、いきなり歌手になるのはめずらしいことらしく、その頃に受けた音楽雑誌の取材でも「なぜ歌手になったのか?」と、よく尋ねられた。

大学を卒業したあと、打楽器の現代音楽のジャンルでは、当時、世界最高峰といわれていた、パリのコンセルヴァトワール(フランス国立高等音楽院パリ校)への進学を希望していたが、バブルが弾けて経営難に陥っていた実家の経済状況を思えば、そんなことは口に出すことすらできず「パリへ進学するのなら、推薦状を書いてあげよう」と言ってくださったありがたい教授陣の言葉も辞退し、横浜にある小さなクラシック音楽専門の映像制作会社に就職した。それでも夢は捨てきれず、もっと広く音楽を知ろうと、ジャズのヴィブラフォン(鉄琴)を勉強し始め、日本の第一人者・浜田均氏の門を叩いた。平日は仕事から帰るとヴィブラフォンの練習に明け暮れ、週末になると品川にある浜田先生のスタジオへレッスンに通った。そうこうしているうちに、当時はまだ人数が少なくてめずらしかった、女性パーカッショニストとしての仕事が人づてで回ってくるようになり、頻繁に休まねばならなくなった私は会社の厄介者になっていった。定収入で生計を立てていたところから、不安定なフリーランスに身を置くことに不安もあったが、やりたいことを若い身空《みそら》で断念するのは、どう考えても不自然だと会社を辞める決意をした。実際には、ほぼクビになった。会社を離れる際に、社長に言われた言葉は「君は性格が悪いから、この先どこへ行って何をやろうとも成功しないだろうし、誰にも愛されず、誰からも必要とされないだろう」という呪いのようなものだった（笑）。今思えば、社長がそう言いたかった気持ちもわからないでもない。音楽の世界しか知らず、無礼でわがまま、視野の狭かった私は、確かにとてつもなくひねくれていたから。

それからしばらくして、ひょんなところからシーラ・Eのような女性パーカッショニストのキャラクターを売りにしたCMデビューの話が持ち上がり、私の意思などおかまいなく話が進んでしまったため、貯金を全額持って1ヵ月ほどフランスへ逃げた。その直前、某歌手の全国ツアーの仕事が入り、運よくまとまったお金を持っていたのだ。それが、人生初の海外渡航であり、パリへの旅となった。周りの人からは「こんなおいしい話を蹴るなんてもったいない」なんて言われたけれど、私は誠実に音楽がやりたかったのであって、芸能界のお人形になる気はさらさらなかった。ほとぼりが冷めた頃、こっそりと日本へ帰ってみると、家の電気、ガス、水道のライフラインが未払いのため止められていた。それで、当時暮らしていた横浜の、某パブ・スナックで日雇いフロアガールを始め、嫌々働きながらも日払いでもらった給料で水道、ガス、電気の順に復旧させたまではよかった。ところが、さてこれからどうしようかと考えあぐねていた矢先、交通事故に遭ってしまった。同じくパブで働いていた友達と共にタクシーで家路を急いでいたその夜、交差点で赤信号を無視した車が、私たちの乗った車両にノーブレーキで突っ込んできた。人は死ぬ直前、走馬灯のように今までの人生を思い出すというが、どうも本当のことらしい。向かってくる車は、コマ送りのごとく途切れ途切れに見えた。その映像と重なって、子ども時代から現在までの記憶が断片的に映し込まれてゆく。車はもう、すぐそこまで来ていた。走馬灯上映のクライマックス、ある男性がアップで現れ「だから間に合わないと言っただろう」と告げた次の瞬間、爆音と共に私の意識はぷっつり途切れた――

遠くにサイレンの音を聞きながら、あの男性のことを思い出していた。私が19歳の頃の話だ。家族内での問題や個人の不運があまりにも続き（この年に、1回目の交通事故で、尾てい骨損傷の被害に遭っている）とぼとぼと原宿・表参道近辺を歩いていたとき、手相見の男性が目に入り、なにげなく見てもらったことがあった。彼は私の手のひらを見るなり、表情をこわばらせてこう言った。「とても危ない手相をしている。私の力ではどうにもならないから、ぜひ私の師匠のところへ行って欲しい」と。まったく取り合わずに放置していたのだが、その1年後、同じ男性がそこにいるのを見つけ、からかうつもりで近寄っていったところ、私の顔を見るなり「あ……すごい手相の女の子！　あれから師匠のところへは行ったのかい？」と血相を変えて問いただした。さすがに私もうろたえながら、まだ行っていませんと答えると、「もう間に合わないかもしれない」と、彼は青い顔をして私の手を凝視し始めた。「やっぱり変わっていない……」そう呟くと、去年も渡された師匠とやらの連絡先を握らされ、さらに「何かあったらすぐに連絡しなさい」と、彼の名刺も渡されたのだった。人の行き交う夕方の表参道を、原宿駅に向かって重い足どりで歩いていた。のろのろと駅の自動券売機できっぷを1枚買った。チャリン……と音を立てて落ちてきた10円玉をなにげなく見た瞬間、全身が凍りついた。券売機から出てきたおつりの1枚に、なんと今しがた別れたばかりの、あの男性の名前がはっきりと書かれていたのだ。頭がひどく混乱した。誰かのいたずらなのか、それとも偶然なのか。たとえ偶然であっても、こんなシンクロニシティが起こる確率はいったい何%だというのだろう……。そのときふと、神様のようなものに「賭けてみないか」と誘われている気がした。ここで恐怖に負けて〝師匠〟のところへ行ったならば、もしかすると生きながらえるのかもしれない。でも、そうすれば一生、占いや、誰かの助言に頼って生きてしまうような気がした。しばらく10円玉を握り締めていた私は、突然キヨスクに行って「ガムください！」と叫び、恐ろしい10円玉とさっさと決別し、買ったガムをその場で全部噛み捨てた。一気に噛みすぎて、あごが外れそうに痛んだ。

目を覚ますと病院のベッドに寝かされていた。生きていることを確認して、ああ、賭けに勝った……そう思ったのを覚えている。同乗していた友達が、自分自身も怪我をしているのに私の病室へ駆けつけてくれて、事の顚末を話し始めた。無免許の若者が私たちの乗ったタクシーに突っ込み、タクシーは横滑りして商店街へ突入、大破した。友達は運よく向こう側のドアが開いてうまく転がり出たことで、打撲と額を切る奇跡的な軽傷で済んだ。彼女がタクシーの方へ振り返ると、大破した車体に挟まれる形で私の上半身がだらりとぶら下がっていて、生きているかどうか確認するのが怖かったことなどを、彼女は「生きててよかった」と何度も繰り返し、目に涙を浮かべながら教えてくれた。そして医師からは、「頸椎を損傷している可能性が高く、精密検査をしてみないとわからないが、一生、右半身不随の可能性がある」と告げられた。確かに医師の言う通り、体の右側を動かそうとしてみても動かなかった。そのとき、泣いた記憶はない。「もしも本当に右半身が使えなくなったら、パーカッショニストは廃業だな」、そう、ぼんやり思っただけだ。事故のショックで何も考えられなかったからなのか、それとも元来、神経が図太かったからなのかはわからないが、とにかく1㎜も絶望してはいなかったことだけは確かだ。翌日の朝、私は何を思ったのか、動く左半身と松葉杖を器用に使って病院から脱走し、家へ戻ってしまった。

ここにいたら生きる気力が萎えて、体よりも先に精神が死んでしまうような気がしたからかもしれない。

脱走した数日後、ここを引っ越さねばならないことを急に思い出した。事故の前、当時住んでいたアパートの大家さんに、すでに解約届けを出していたのだ。私はギプスと松葉杖の体を引きずりながら、電車に乗って這うように渋谷へ行き、不動産屋をがむしゃらに巡った。その最中、突然降り出した夕立を避けてATMボックスの軒下にうずくまった瞬間、堰を切ったように涙が溢れ、号泣し始めた。雷鳴は私の醜態を上手に隠してくれて、雨が上がるまでの間、泣けるだけ泣いた。事故の衝撃をこのタイミングで洗い流してしまいたかった。そして、人生において難を越えるときは、ひとりぼっちなのだと、孤独を嚙み締めた瞬間でもあった。

しばらくして病院を替え、MRIなどの精密検査をした結果、神経が断絶しているのではなく、強い圧迫で一時的に麻痺しているだけで、リハビリを続ければ、ほぼ元の体に戻ることがわかった。しかしそこでハッとした。すでに受けてしまっていたパーカッションの仕事が1ヵ月後にあり、この体で太鼓を叩くのは到底無理だと気づいたのだ。依頼主に事故の報告をしてみたが、もうプログラムは組まれてしまっていて、別な形でもいいからなんとか出演してはもらえないだろうかと粘られた。しかたがないので曲を作って歌い、お茶を濁そうと苦肉の策を考えついた。これなら太鼓を叩かず済む、と。そのたった1曲の持ち歌が、デヴューのきっかけになるなんて、これっぽっちも思わずに。打ち込みのできる音大の友達に楽譜を渡し、即席でトラックを作ってもらい、へそを出したおかしな衣装を着て舞台に上がるという珍妙な初ライブは無事に終わった。それから3日も経たないうちに、偶然観に来ていたいくつかの音楽事務所や制作会社の関係者から、突然「デビューしませんか」とオファーが来たときには心底驚いた。ライブのときはむりやり外していたギプスと元の松葉杖姿で、呼ばれた方々《ほうぼう》の事務所へ出かけていくと、プロデューサーたちは目をまん丸くした。加えてオリジナルはあの1曲しかなく、大学の声楽の授業でカンツォーネを歌った以外、人前で歌など歌ったことがないことを知って、さらに目を丸くした。それでもありがたいことに「ぜひうちでデビューを目指しませんか」と言ってくださった某音楽事務所のひとつに席を置くことにした。深い理由はなく、どうせ向こう1年まともに太鼓を叩けないのだから、事故の慰謝料をもらってリハビリをしながら作曲してみるのもいいかも、と思ったのだ。それから2年後、予想もしなかったことの連続で、猫沢エミはデビューする。

これが幼いピキを拾った猫母の、騒がしい出逢い前夜の物語だ。

自由とリスク

ピキは都市部で生まれて飼われる、ほとんどの猫と同じように、マンションという限られた空間の中ですくすくと育っていった。マンションとひと言で言っても、ワンルームなのか？ 3LDKなのか？ など、その居住空間には様々な広さ、形があって、人でも猫でもそこに暮らすのなら、ある程度の広さがあったほうが快適に違いない。けれど、仕事を始めたばかりの若いひとり暮らしの身分でゴージャスなところに住めるのは、収入との兼ね合いもあって、ごく限られたわずかな人なのではないかと思う。

その頃、私は同業のミュージシャンの彼と同棲生活を始めていた。ピキが暮らす私たちの部屋は1Fにあり、8畳ほどの部屋に3畳の大きなロフトがついていて、ほかにはキッチン、お風呂とトイレも独立している、若者が暮らすにはかなりラッキーな条件の物件だった。なかなかお洒落な作りで、家賃も破格だった。社員寮として建てられたマンションに一般の居住者を募集したその物件は、約半分の戸数に某会社の社員が暮らしている、ちょっと変わったマンションだった。私たちの部屋のベランダ前には灌木《かんぼく》が植えられていて、その向こうには駐輪場があり、バスルームについた窓からは、東京の中でも富裕層の多い目黒区によくある、小さな庭を配した一軒家が見えた。

ピキがまだとても小さかった3ヵ月くらいまでは、室内から外へ出ることはなかった。ぴょんぴょん高いところへ登れるようになったある日、換気のために開けておいたトイレの窓からいつの間にか外へ出て、コンクリートの窓枠に座っていることに気がついた。最初はびっくりして呼び戻してみたり、裏手に回って叱ってみたりしたのだが、次第にピキは、窓枠を下りて散歩したり、隣の一軒家の庭にお邪魔するようになっていった。

幸いなことに、このマンションがあった周辺は車の通りも少なく、近所に小さな公園もある緑の多い地区だった。そんな環境も手伝ったのか、私の中には外飼いをする心配がほとんどなく、〝狭い限られた空間の中だけで、毎日を暮らすピキの猫生はさぞかしつまらないものだろう〟という発想しか持てなかった。今振り返ってみれば、猫母初心者の大いなる無知、と言わねばならない。いくら車通りが少ないエリアとて、交通事故や、万が一、野良猫と喧嘩するようなことがあれば、危険な病気をもらう可能性はいくらでもあっただろう。

最初はとても短いピキの外出だったが、だんだんテリトリーを広げていったのか、しまいには半日帰ってこないとか、ひと晩越しても帰ってこず、心配になってかつおぶしを撒きながら名前を呼んで近所を捜すようなことまで出てきた。それでも、散歩から目を輝かせて戻ってくる彼女の表情を見ていると、単純に「ああ、この子はこれでいいのだな」と思えてしまうのだった。そう、猫エイズの疑いがかかるまでは。

頻繁に出かけることもあって、ピキの爪はこまめに切ってあげていたのだけれど、ある日、前足の爪の1本が根元から折れて血が出ていることに気がついた。外に出て土いじりをしたら、またそこからバイ菌が入るのはすぐに予想できたから、マキロンで消毒して、しばらく部屋中の窓をがっちり閉めて外出禁止にした。しかし、時すでに遅し。傷口は化膿が始まっていて一向によくならず、ピキをかかりつけの動物病院へ連れて行った。先生は患部を診て、私の想像よりも症状が悪化していると告げた。家で抗生物質を飲ませながら、しばらく毎日病院へ通って、注射と軟膏を塗布することになった。

この注射とやらが、爪のなくなったやわらかい患部にちくりと注射針を刺す、見ているこちらも思わず顔をしかめる痛そうな治療だったのだ。ピキはあっという間に動物病院が嫌いになり、私がキャリーバッグを取り出すと一目散に部屋の隅っこやロフトに逃げ込んで、引っ張り出すのにひと苦労した。そのうえ、ほぼ毎回怖がっておしっこをちびるものだから、半裸の状態でピキをバッグに入れてから、私はシャワーを浴びて服を着るという有様だった。

保護された仔猫というのは、体の素地や免疫力が弱い子も多い。もちろん、保護後の食事の改善や環境を整えてあげることで、どんどん強い体へと変化するのだけれど。幼少時代のピキは食が細く、目だけがぎょろりとした宇宙人のような姿だった。拾ったときの状況を見ても、決していい環境にいたとは想像しづらかった。そのせいか、この爪の怪我以外にも、ちょっとしたことで猫風邪に罹ったりして、動物病院のお世話になることが多かったのだ。爪の怪我で毎日動物病院へ通わざるを得なくなった私の経済状況はあっという間に逼迫《ひっぱく》した。当時の給料は15万円。半分は彼氏と折半の家賃にもっていかれるので、自由になるお金は7、8万円しかなく、1回で数千円簡単に飛んでいってしまう治療代は、大きな悩みの種となった。今では動物の医療保険も充実しているが、当時はまだ表立った保険が少なく、あったとしても保険料がとても高かったと記憶している。動物を飼っていて病気になると、経済的にこんなに大変なのか！　という事実も、このとき初めて身に沁みた。それでなくても、食うや食わずのぎりぎりの給料のうえ、事務所からはアルバイトや、その他の仕事を固く禁止されていたため生活もかなり厳しく、切り詰めた食生活で栄養が足りないのか、私自身もしょっちゅう病気をしていた。そんなデビュー間もない、忙しい活動の合間を縫っての病院通いがしばらく続いたある日、動物病院の先生からこう告げられた。「ピキちゃんの経過をしばらく見ていたけれど、あまり改善が見られないんだよね。これまでの病歴と、拾われた状況、それに外飼いしている現状を併せると、免疫になんらかの問題がある気がしてならない。一度、猫エイズの検査をしてみてもいいかな?」。え……猫エイズ?私が〝猫エイズ〟という病気の名前と存在を知ったのは、それが初めてだった。猫にもエイズが存在して、正確には猫後天性免疫不全症候群といい、FIVと呼ばれる猫免疫不全ウイルスにより様々な症状が引き起こされること。これはネコ科動物特有のウイルスだから、犬や人には感染《うつ》らないこと。陽性反応が出て猫エイズのキャリアと診断されても、すべての猫が発症するとは限らないこと。そして、母猫がすでに猫エイズのキャリア個体で、出産時の母子感染でキャリアとして生まれてきた場合や、外で猫エイズのキャリアの子と遭遇して、嚙みつかれたり喧嘩をしたりすることなどが、感染の主な経路である……と、先生は丁寧に説明してくださった。最後に、日本の野良猫の間で、猫エイズが非常に高い感染率となっていることも付け加えた。奈落の底に突き落とされたような気持ちになって、あからさまに暗い表情の私に「さっきも説明したけど、万が一キャリアだとしても、すべての猫が発症するとは限らないんだよ」と、先生はおっしゃったが、その後いろいろな文献や、実際に猫エイズを発症した猫の飼い主さんの手記などを読み、私の不安は収まるどころか大きくなってしまった。完璧な治療薬はなく、発症すれば、あとはどれだけ緩和治療ができるかにかかっているのだが、高い薬をどこまで買ってあげられるのか……という、現実に直面した場合の自分の非力さは、すぐに想像できた。ひとまずピキの猫エイズ検査をしてみることになった。検査結果は1週間ほどで出る予定だったが、その間の不安で折れそうな気持ちは未だに忘れることができない。1週間後、診察室に呼ばれ、先生が開口一番に「よかったね。陰性だったよ」と笑顔で告げたその瞬間、緊張が一気に解けた私は、思わずその場でわっと泣いてしまった。そんな私の姿を見て、先生はこう続けた。「猫エイズでなくて本当によかった。ただ、これからもピキちゃんを外飼いするなら、常に猫エイズの危険はついて回る。幸いなことに避妊手術も済んでいるし、メスだからテリトリーもあまり広くない。オスの野良猫と噛み合うような喧嘩に発展する可能性も低いとは思う。でも静かな界隈とはいえ、都心だから交通事故の危険もある。この機会に室内飼いへ変えてみてはどうかな?」。先生の提案はもっともだった。結果を聞く前は、恐ろしくて腰を抜かさんばかりの勢いだったというのに、ふと、常日頃から抱いていた猫の生涯についての疑問が浮かんできて、「少し考えさせてください」と返事をしていた。もしも自分が猫ならば、少しでも広い世界を見たくはないだろうか?　東京で猫を飼っている友人のほとんどは、先生が言われたような理由で室内飼いをしていたし、猫エイズの可能性を問われる経験をしたばかりなのだから、保守的な選択をするほうが自然ではあった。爪の化膿治療以来、外に出られず、ストレスフルなエリザベスカラーをつけて、生気をなくしたピキを見ていたのも、室内飼いへの躊躇につながっていた。

治療も終わりかけの頃だったと思う。買い物から家に戻るとピキの姿が見えない。窓は相変わらず閉じていたので外に出る心配はなかったが、捜せど捜せど、どこにいるのだかさっぱりわからない。しばらく息を殺してピキの気配を感じ取っていたら、クローゼットの奥の方から、弱々しい「にゃー」という鳴き声が聞こえてきた。慌てて扉を開けてみると、エリザベスカラー姿が板についたピキが、服を積んだ籠の上で哀しそうな顔をしてちんまりと座っていた。抱き上げようと上から覗き込んだ瞬間、正面から見たときには気がつかなかったピキの哀しみの原因に気がついて、思わず笑ってしまった。なんとピキは、ストレスで吐いてしまったものでエリザベスカラーの中が埋まり、息ができるぎりぎりの位置に口と鼻を突き出して、溺れかけていたのだ！

そのあまりにかわいそうで可笑しい状況に、申し訳ないけれど笑いながら彼女を抱き上げ、治療中の手にサランラップを巻き、お風呂場で体を洗ってやった。それからしばらくして、爪の化膿が完治し、新しい爪が生えてきて、ピキはようやくエリザベスカラーからも解放された。再び元気にごはんを食べ始めて、みるみる元のピキに戻っていくにつれ、当然のことながら外にも出たがった。

ある日、ふとした拍子に外へ飛び出してしまったピキが、目を爛々と輝かせて帰ってきたのを見て決心がついた。彼女を生涯、外飼いで通そう。人によっては、なんて飼い主だ！　と思うだろう。私の性格ゆえのことかもしれないが、何か保守的にならざるを得ない事件が起きたとき、トラウマになるどころかより前進した道を選んでしまう。ひとつ危機を乗り越えたことで、その危険がなんであるかを学んだのだから、以前よりも対処のしかたもわかる。とはいえ、これは私のことではなく、ピキの問題であり、室内飼いにすることと外飼いにすること両方に伴うリスクと、どちらにせよ相容れないであろう猫自身の気持ちと飼い主のエゴについても考え抜いた結論だった。私にとって、猫は飼い主の配下に置かれた保護動物というよりも、意思を持ち独立したひとつの生き物だ。外飼いにすれば、猫エイズと事故の危険性は常に伴う。そうなったときの哀しみにも、経済的な負担にも責任を持つと私自身は覚悟できるが、飼い主の選択ひとつで不幸に陥るリスクを背負わされるピキはどうなのか？　と、何度も何度も考えた。けれど、私は決めた。できるだけ広い世界を彼女に見せてあげることで、万が一、不幸な出来事に見舞われて短命になったとしても、決して後悔しないと。
ピキはどこの草むらで遊んできたのか、体中をイガイガの実だらけにして帰ってきたり、手足を土まみれにして帰ってくる。そして「今日こんなことがあったの」と言っているかのように、にゃうにゃうと嬉しそうに事の顚末を話すのだった。大きな瞳に光をたたえて。

外猫としての活動がだんだん本格的になるにつれ、ピキは毎日のように生き餌を運んでくるようになった。東京のどこにそんなものがいるのか!? と驚くようなサイズの蝶や蛾をくわえて、そいつが口元でバサバサ羽を動かしているという怖いプレゼントを山ほどもらった。そう、飼い猫の運ぶ生き餌とは自分が食べるために捕まえるのではなく、狩りをする本能と、飼い主へのプレゼントなのだ。あるときは、トイレに何か紐のようなものが落ちているので不思議がっていたら、それはちぎれたトカゲのしっぽで、本体は私のベッドの中に入れられていた。またある日は、もっとすごいものも。キッチンの片隅に置いた仕事デスクをふと見やると、机とパソコンの間からやはり紐状のものが出ていて、「ちゅう」という鳴き声でネズミがいるのだとわかった。小さくて薄いグレー色の仔ネズミだった。一瞬ぎょっとしたものの、ネズミは様々な病気を運んでくるというから駆除せねば！　と、ゴム手袋をはめてからネズミのしっぽをつかんで、空中でくるくる振って目を回させてから、ベランダの向こう、できるだけ遠くへ飛ぶように、ポーン！と勢いよく投げた。その様子を見たピキが一目散にネズミが飛んでいった方向へダッシュ。なんと数分後には、まったく同じ個体のネズミをくわえて意気揚々と帰ってくる始末。それを何度も繰り返すという、今思えば飼い猫に対してネズミのおもちゃでやる遊びを、リアルネズミでやっていたのだから、ある意味、野生的というかなんというか。

あまりにたくさんの生き餌を、特に夏場は毎日のように捕まえてくるので、私は獲物表を作ることにした。ラインナップはセミ、カマキリ、トカゲ、ネズミ、鳥、ゴキブリ、蛾、ｅｔｃ……。ピキにも流行の生き餌というものがあるらしく、今年はセミが多いなとか、今のブームはカマキリだ、などが表の棒グラフを見ればひと目でわかるのだった。

いくら田舎育ちの私とて、一般的な女子と同じく虫が嫌いだったし、はじめは何を運んでくるのかとびくびくしていたけれど、ピキの嬉しそうな顔と、そのバリエーションの豊かさに、気がつけば〝東京自然再発見〟の境地に至り、生き餌にある程度の耐性ができている自分に気がついた。面白い柄のトカゲを捕まえてくれれば、それがなんという種類のものか調べてみたり、害虫でない限り、しばらく家の中で同居していても一向に気にもしなくなっていた。猫は自分のテリトリーに獲物を運んだあとは、しばらくするとその存在自体に飽きてしまうのか、その後のお客さんの相手は私の役目だった。

ある春先のこと、前日徹夜で作詞をしていた私は、お昼近くまで寝坊してベッドに潜り込んでいた。我が家には遮光カーテンが取り付けられていて、部屋の中は昼間でも物陰がようやく見える程度の暗さに保たれていた。トイレのフタにピキが着地する〝トン〟という物音を聞いて、彼女が外回りから帰ってきたのだなと眠りこけながら感知していたら、なにやら急に部屋が騒がしくなった。バサバサという音と共に、ピキがズドン、ズデンともんどり打つ音がする。気になりはしたが疲れきっていた私は、その騒ぎをほったらかしにして窓の方へと寝返りを打った。しばらくして部屋は元通りの静けさを取り戻し、私は深い眠りに落ちていった。

再び目を覚ましたのは、ちょうどお昼を過ぎた頃だったろうか。仄《ほの》暗い8畳間の片隅で、ピキが「おはよう」と鳴いた。あたりを見回すと、なにやら部屋全体がいつもより黒い。カーテンを一気に開けて、その有様に仰天した。なんと床一面に黒い鳥の羽が撒き散らされ、今しがたまで寝ていた枕の横をふと見ると、体長20㎝ほどの中型の鳥が、きれいに丸裸にされて横たわっていたのだ。ピキが駆け寄ってきてこう言った。「ママにプレゼント。すぐ食べられるように、羽も抜いておいたから」。それはまことに見事な仕事ぶりだった。鳥はよほど抵抗したのだろう。普段なら生き餌で捧げられる獲物は、すでに天国へ召されていた。さすがにこのときは「ママ、野生の鳥は食べないから！　もう、持ってこなくていいから」と言ってみたが、興奮した母の様子＝喜びとしか捉えない猫にとっては、宿題で花丸をもらった子どものように得意満面でキャッキャと小躍りするのがオチだった。近所の友達に猫シッターをお願いして、新曲プロモーションのために数日、家を空けて帰ると、ベッドに1週間分の生き餌が横並びで捧げられていたこともある。笑えないレベルの話では、ピキがくわえて連れてきたネズミが、いつの間にか冷蔵庫の裏に巣を作り、キッチンに置いてあったハーシーのキスチョコを盗み食いして巨大化。そのネズミがときおりドドドドと目の前を走り抜ける……なんて漫画のような日常が展開した。様々な生き物が居住する小さな動物園と化した部屋には正直参ったが、同時にピキのハンターとしての才能と、私に対する愛情表現の豊かさに感動してもいた。

ピキのハンター話は愉快な物語として友達によく聞かせていたのだが、あるときその中のひとりが「毎日、虫だの鳥を持ってくるなんて嫌じゃないの？　私なら、ピキを室内飼いにしちゃうけどな」と言った。それを聞いた私は正直ぽかんとした。いくらペットとして進化したイエネコといえど、彼らは立派な動物で、山に放てば自ら狩りをして自立していけるだけの野生の本能も同時に持ち合わせているのだ。人間の都合のいいときにかわいがり、都合のいい形で存在させる発想は、当時の私にはひとつもなかった。むしろ、彼女の運んでくる私の知らない世界の住人たちに詳しくなったり、喜びを分かち合えることが楽しくてしかたがなかった（まあ、ゴキブリだけはやめてー……とは思ったけど）。そして、あれだけ人間不信の塊だったピキが狩りを始めて以来、見違えるような深い愛情表現をするようになったのも嬉しい出来事だった。ピキが私を認めるのと同じだけ、私はピキをできる限り「猫」として認め、共存することを大切にした。

幼い猫母は少したくましくなって視野も広がりつつあったが、相変わらず売れないミュージシャンのまま、3年の月日が流れようとしていた。

新世界への扉

ピキが3歳を過ぎた頃、それまで問題なく快適に暮らしていた我が家に、突如「動物飼育禁止」の話が浮上した。このマンションは、同居人の彼が家主となっていたが、契約当時に動物を飼ってもよい物件だと不動産屋さんからは聞いていたという。今になってどうして……事の真相はこうだった。大家さんと不動産屋さんはもともと友人だったため、不動産屋さんが、大家さんの確認も取らず「いいんじゃないの？　大型犬とかじゃなければ」と、彼が借りた当時に飼い始めたうさぎの飼育について勝手に許してしまっていたのだ。話し合いの結果、しぶしぶではあったが「今さらしかたがない」と大家さんは許諾してくれた。とはいえ、たびたび掃除に訪れる不動産屋の奥さんから「あなたの猫が外をうろついているのを見たわよ。汚い手足で部屋が汚れないかしら?..」などと嫌味を言われ、以前より暮らしにくくなってしまった。

そうこうしているうちに、私のメジャー契約ミュージシャンという立場に、不穏な空気が立ち込めてきた。契約4年目にして、事務所とレコード会社に半ば共謀される形で打ち切られた。使途不明な印税の流用、レコード会社から支払われていたライブの補助費を、事務所がわけのわからないものに使っていた事実も発覚し、不信感は抑えきれないところまできていた。話し合いに出向いた喫茶店で、事務所社長が最後に言い放った言葉は「君は売れていないけれど、名前はけっこうあるから事務所にいて欲しい。活動は援助できないが、いるだけでいいんだ」。「それって飼い殺しじゃないですか?」と尋ねると、社長は涼しい顔で「まあ、そうともいうね」と答えた。「辞めさせてもらいます」そう言って立ち上がった私の後ろで、「売れないミュージシャンに何ができるっていうんだ? 潰されておしまいだぞ」という声が聞こえたが、振り返ることなく出口に向かって一直線に歩き、勢いよく閉めたドアで社長の言葉は途切れた。悪いことは重なるもので、その少し前から彼との仲も冷え始め、最終的には別れることになった。

潰れて上等。あんなところにしがみつく必要がどこにあるものか。そもそも私の音楽性の核などひとつも見てくれない人たちに囲まれて、これ以上、曲を作り続ける気力は残っていなかった。とはいえ、いきなり無収入の立場になり、当時はまだ少なかったアーティスト本人が運営する個人事務所を立ち上げるのは、不安に胸が押し潰されるような思いがした。ちょうど2000年の春だった。

ところがフリーになった途端、様々な先輩ミュージシャンや仕事先からオファーが舞い込むようになった。私は、ピキとふたり食うや食わずの生活を支えるため必死に仕事をした。今までは事務所やマネージャーにすべて任せていたギャラの交渉や人付き合い、仕事の組み立てを自ら経験することで、やっと彼らの苦労が理解できるようになり、メジャーレーベルで4年間も莫大な予算を使って好きに音楽を作らせてくれたレコード会社にも感謝できるようになっていった。その頃つきあい始めた新しい彼が、金銭、精神面の両方でなにかと助けてくれたのもありがたかった。

ロンドンに10年間暮らして広告代理店業を営んでいた彼は、父親のがん再発をきっかけに日本へ本帰国した。帰国後、会社を辞めてフリーのウェブデザイナーを始めたばかりの友達と彼、そして私の3人で、フランスのバイクを輸入する会社を立ち上げた。はじめは資金も乏しく、小さなワンルームマンションで自炊しながらの船出となった。私はそこの事務員兼雑用係で、できることはなんでもやらなければならなかったが、なにせ社会人経験が1年もない世間知らずなミュージシャンである。社長である彼に「アーティスト気分で仕事するのはやめてくれ！」と叱られる日々。当時はまだ雑誌を中心に〝猫沢エミ〟としての露出も多かったため、事務所では「町田町子」という事務員名をつけ（町田町蔵さん《芥川賞作家・町田康さんのミュージシャン名》が好きだったという理由から）、二足のわらじの奮闘が続いた。そうして2年が過ぎ、会社がうまく軌道に乗り始めて他の社員を雇えるようになった頃、パリでバイク店を営む彼の友人、デルケヤー家の長男・パトリスから連絡が来た。パトリスの提案は「先月、うちの祖父が亡くなったんだけど、彼が暮らしていた部屋が空いたから、そこにエミが住むのはどうだろう？」というものだった。2002年の5月だった。以前から私がパリへ行きたがっていることを、パトリスは彼から聞いていたのだ。

2ヵ月後の7月、彼とふたりでパリへ飛び、物件を下見して賃貸契約にサインをした。「どうして仕事がうまくいっているのに日本でのキャリアを捨てて、海外へ単身で行くのか？　しかも恋人を置いて」と友人たちは不思議がった。しかし、20歳頃から夢見ていた渡仏のチャンスがやってきたのだ。物事が大きく動くとき、次々とテトリスのコマが組み合わされるような急展開があると経験していた私は、一も二もなくそれに乗った。仕事で何度も訪れていて、パリが入り込みにくい街だということも知っていたし、フランス語が世界の言語の中でもトップレベルに難しいことも、大学で少々かじっていた私には予想できていた。浮かれた気分どころか渡仏ブルーに陥っている私に「俺が今あるのは、ロンドンで10年暮らしたからだ。行って、おまえも世界を見てこい」と、海外生活の先輩である彼が背中を押した。

渡仏を決意してから最初に頭をもたげたのは、ピキを連れて行くか否かの問題だった。猫の渡航に関する様々な手続きについて調べれば調べるほど、私の不安は大きくなっていった。12時間のフライトに、半野生で人見知りなピキが耐えられるのか？　言葉もわからない飼い主とパリでふたりぼっち、何か問題が起きたときに守ってやれるのか？　など、不安材料は数えきれない。農林水産省のホームページで動物の輸出入に関する情報を集め、各所へ問い合わせたが、渡航先のフランスでの対応は直接、大使館でしかわからないと告げられ、出向いて相談してみると、動物の入国に関しては頻繁に法律が変わることもあって、大使館でも細かくは把握できていないと言われてしまった。散々悩んだ結果、ピキを実家に預ける涙ながらの決断をした。それにはほかの理由もあった。

パリのアパルトマンを契約して一度帰国後、元彼と暮らしていた目黒区のマンションを引き払い、彼が住んでいた東京・下町のマンションへ引っ越しをした。日当たりの悪い、しかも2Fにある部屋だったため、ピキは室内飼いを強いられることになった。目の輝きを失った彼女は、ふらふらと部屋のあちこちに粗相をするようになり、夜になれば宙に向かって遠吠えのような鳴き声を延々と上げ続けた。前脚を内側に折り曲げる〝香箱座り〟もしなくなり、スフィンクスのように両手を前に突き出して、半目のままだらりと寝そべっている時間が長くなった。ピキは今、幸せではないのだな、ということは誰の目から見ても明らかだった。一度、首にリードをつけて夜中に散歩に連れ出してみたけれど、ピキからしてみれば外歩きのプロが「こんな初心者扱いを受けてなんなのよ!?」と言わんばかりに、すぐさま見知らぬお宅の塀を乗り越えて、回収時に私も危うく泥棒扱いを受けたりと、散々な目に遭った。パリへ連れて行くかどうかの問題以前に、まず一刻も早く、ピキをこの環境から解放してあげたかった。

私はピキを入れたキャリーバッグを抱えて、東京駅の新幹線のプラットホームに立っていた。行き先は実家のある福島県白河市だった。両親は数年前、山の上に大きな二世帯住宅を建てており、周りは豊かな自然に囲まれ、これ以上望めないほどピキにとって好環境だった。動物好きの父は、この申し出をむしろ喜んでくれて、ピキと私の到着を今か今かと待ちわびていた。こうするのがベストな選択なのだと、新幹線の中で何度も自分に言い聞かせても、ちょっと気を緩めれば、すぐに泣き出してしまいそうなほど哀しかったのを覚えている。半年でもいい、フランスへ行って言葉が少しでも理解できるようになって、ピキを連れてきても大丈夫な環境が整えば迎えに来ればいい。私の都合や一存だけで、今すぐピキを海外まで連れて行くのは、あまりにも勝手すぎる……。

実家に到着した私たちを両親は温かく出迎えてくれた。ところが肝心のピキは、和室に敷かれた布団と畳の間へすぐさま深く潜り込み、身を固くして丸まるばかり。「しょうがないわよ。猫は引っ越しが嫌いだから、慣れるまで時間がかかるわよ」と母は慰めてくれたが、言いようのない不安はぬぐい去れなかった。それから5日ほど実家に張り付いて、ピキが少しでも慣れるようあれこれ工夫してみたり、様子を窺《うかが》っていたものの、彼女の硬直した心は一向に解けないまま、とうとう実家を去る日がやってきた。翌日から1週間、ライブが立て続けに何本も入っていたため、どうしても東京に戻らねばならなかったのだ。母にくれぐれもピキのことを宜しくと言い残し、私は再び新幹線に乗り込んだ。

東京のマンションへ戻ると、ピキの不在に初めて愕然《がくぜん》とした。猫のいる生活は体のすみずみまで行き渡り、ピキと同じくらいの物体が動いているような錯覚に陥る。聞いてもいない猫の鳴き声を幻聴してしまう。何より、心の一部がすっぽりなくなったかのような喪失感が、想像以上に応えた。こんな状況のまま、パリへ行くのか。私はパリでやっていけるのだろうか……そう思いながら数日が過ぎた頃、実家の母から電話があった。「あのね、ピキがいなくなったの。夜な夜な裏山から猫の遠吠えみたいなのが聞こえるから、おそらく彼女なんじゃないかと」……！

母は、家の裏手にある縁側のところに水とドライフードを置き、ピキがいつ帰ってきても食べられるようにしてくれていたけれど、このあたりには野生のタヌキや野良猫も多く、誰が食べているかわかったものではない。すぐに飛んで行きたかったが、飼い猫が行方不明という理由で仕事を放り出すわけにもいかない立場が歯がゆかった。

1週間後、ライブがすべて終わって、私は取るものも取りあえず白河へ向かった。事情を知った彼も、仕事を社員に任せて一緒についてきてくれた。実家に着くと、すかさず母が暗い表情でこう言った。「私がピキを見たのは、あれから1回だけ。夜中に気配を感じて縁側に行ってみたら、ごはんを食べに来ててね。ピキ！　って呼んだら、にゃーにゃーと鳴きながら山の方へ消えていったのよ。たぶん、飢えてはいないと思うけど、心配なのはこの1週間で台風が来たから、どんなところで寝ているのかと思うと……」。この頃、関東から東北にかけて大きな台風が2回も通過していた。以前、私がニューアルバムのプロモーションで家を10日ほど空けていたとき、やはり台風がやって来て、帰ってみるとピキがひどい風邪を引いて声が出なくなっていたことを思い出した。

すぐに、両親と彼、私の4人で手分けして、裏山へ通じるルートと実家の周りに、大好物のかつおぶしを撒きながら、名前を呼んで捜索を開始した。初日は気配すら感じることができず、消沈した。2日目の早朝、キッチンから庭に下りるドアのあたりで気配を感じ、飛び起きて見に行ってみると、そこにいたのは〝斎藤〟だった。斎藤は、母が手なずけているサバトラの野良猫で、悪魔のような強面をしていた。その珍妙な名前は、当時母が毛嫌いしていた銀行の担当者名から取ったもので、野良とはいえ、なぜかわいがっている猫に嫌いな人の苗字をつけるのか、母のセンスはまったく理解不能だった。斎藤にはこれっぽっちも罪はないが、このときばかりは斎藤がピキでないことが憎らしくて、「斎藤のバカ!」と追い払った。斎藤は、相変わらず悪魔のような面をして逃げていった。3日目も、まったく成果なし。

そして、4日目の夜だった。夕食の時間、ふと何かに突き動かされたように裏手へ回ってみると、ピキが縁側でドライフードを食べているではないか! 思わず駆け寄って「ピキ!」と叫ぶと、ピキは一度こちらを振り返り、そのまま山の方へにゃーんにゃーんと鳴きながら消えていってしまった。あまりに短い時間の出来事だったので、これは夢ではないかと漫画のようにほっぺをつねったのを覚えている。千載一遇のチャンスを逃し、捕獲できずに地団駄を踏むも、彼女が生きている姿を確認できたことは、私にとって大きな希望となった。

私と彼の泊まっている部屋は、いつピキが帰ってきてもいいように、夜間もサッシを15㎝くらい開けておいた。のんびりした田舎の山の中に泥棒なぞいるはずもなく、侵入してくる輩がいるとしたらタヌキか斎藤ぐらいのもので、私たちは心からピキの帰りを待ちながら、この日もいつも通りにサッシを開けておいた。朝方4時くらいだったろうか。ガサリと物音がしたので飛び上がってサッシを見ると、15㎝の隙間の向こうにピキがいた！　はやる気持ちを抑えながら、できるだけ普段のトーンで「ピキ、おいで」と声をかけると、ピキは「にゃーん」とひと声鳴き、ついに部屋へ入ってきた。がっしりと抱き締めた腕の中で、たった10日ほどの間にびっくりするほど痩せてしまったピキの体が、嬉しそうに揺れていた。私は泣きながら、ここ数日ずっと考えていたことを口にした。

「ごめん。もう一生、離れるなんて馬鹿なことは考えない。ピキはママと一緒にパリへ行くんだよ」

猫はよく〝家につく〟といわれている。飼い主が変わろうとも、慣れ親しんだ家そのものにプライオリティーを置く動物という意味だ。けれど、今回の事件で、彼女は家ではなく飼い主の私についているとはっきりわかったのだ。私の腹は決まった。パリへピキを連れて行く。その覚悟ができたことで、彼女を実家に預けようと思っていた事件前よりも、自分の中で、よりはっきりした渡仏に対する心構えを持つに至った。ピキを連れて行く以上、私は彼女の身を守らねばならないし、連れてきてよかったと思える幸せな環境を整えなくてはいけない。

中断していた猫の渡仏に関する手続きを、猛烈な勢いで再開した。在日フランス大使館で最終的に得た犬・猫のフランスへの持ち込み条件は①狂犬病ワクチンの予防接種の証明書（1年以内かつ出発日の1ヵ月前までに発行されたもの）、②健康診断書（出発の1週間前に発行されたもの）、この2つをかかりつけの獣医に英文で発行してもらうことだった。健康診断は直前でなければいけないので、まずは狂犬病の予防接種を受けさせに近所の動物病院へ連れて行った。狂犬病が撲滅されている日本では、通常、猫の予防接種に狂犬病という項目はない。かたや、フランスを含むヨーロッパ大陸のいくつかの国では狂犬病が撲滅されていないので、猫とて予防接種が必要なのだ。そもそも狂犬病の知識などちっともなかった私は、動物病院の先生に「猫なのに、なぜ狂犬病なんですか？　狂猫病ではなく？」と、今思えば笑ってしまうような質問をする有様だった。そんな私に先生は、ほ乳類すべてが狂犬病になる危険性があることや、名前から誤解されがちだが、犬だけが罹る病気ではないことなどを教えてくれた。予防接種のあとは、狂犬病予防接種証明書と健康診断書の英文での作成を先生に依頼した（2002年9月当時の条件）。行き先がフランスではないものの、日本から海外へ動物を連れ出す飼い主さんの書類をこれまでにも何度か作成していたそうなので、そこは問題なく事が進みそうだった。ただ、渡航先のパリ、シャルル・ド・ゴール空港のどこへ行けば、この書類を受理してもらえるのか？　そもそも何か不備があった場合、ピキだけ日本へ送還される……なんて最悪の事態になりはしないか？　そのうえ、そうした複雑なやりとりを、フランス語がひとつもできない自分がどうやったらできるのか？　など不安は絶えなかった。

2002年、9月。ある晴れた秋の日に、私は2つのスーツケースとピキの入ったキャリーバッグを持って、成田空港へ向かった。移動の嫌いなピキはずっと鳴いてばかりいてかわいそうだったが、なんとかこの難局を越えてもらわねばならない。長時間のフライトのため、途中でおしっこをお漏らししてもいいように、バッグの底にペットシートを敷き詰めていた。成田空港内にある動物検疫所へ行って、輸出検査申請書を提出。ピキの簡単な健康診断のあと、輸出検疫証明書を発行してもらい、動物病院の先生が作成してくれた証明書にエンドースメントと呼ばれる書類の裏書き証明印を押してもらった。とても丁寧な対応の防疫官は、「日本から動物を出国させるのは比較的簡単なのですが、問題は帰国時です。特に狂犬病が現存する国からの帰国は条件が厳しいので、くれぐれもホームページなどで早めに情報を確認してください。そして、入国の条件は突然変わることもよくあるので、くれぐれも注意してください」と説明してくれた。このときは、まさか自分が4年もパリに住むことになるとは思っていなかったので、念のため、帰国時にフランスからの入国条件に満たなかった場合のことを考えて、仮係留室を見せてもらった。動物病院やペットショップによくあるようなサイズのケージに、場合によっては最長で180日間も係留させるのか!? とびっくりしてしまったが、これは私の勘違いで、係留施設は別な場所にあり、広くて快適な環境に整えられていることをあとで知った。しかし、1日3000円の飼育管理費がかかり、万が一、最長の180日係留になれば単純計算で54万円もの自己負担を強いられることになる! ピキの帰国の際には、万全の準備をして帰してやらねば……と、肝に銘じた。

動物検疫所を後にして、お次は航空会社のカウンターでチェックインの手続き。幸いなことに私たちの乗るエールフランス航空は、猫および小型犬の機内持ち込みができたので、航空券購入時に前もって猫の搭乗予約もしておいた。しかし気がかりなのは、ピキの体重がキャリーバッグも含めて6kg以内でなくてはいけないこと。しかも、万が一6kgを超えていた場合に、そのまま貨物室へスライドしてもらえるのかといえば、そこにも事前の予約が必要なため、彼女だけが日本に取り残されることになってしまう。ドキドキしながらチェックインカウンターで重さを量ると、少しオーバーしていたがなんとか許容範囲内として認めてもらえた。体そのものが大きいピキには、渡仏が決まってから少しダイエットをさせていたのだ。

すべての手続きを終え、ほっとした私は、ようやく自分が日本を離れる寂しさを思い出した。そして、ここ数ヵ月の激動の日々や、渡仏の準備、ピキの身の上に起きた様々なことを反芻《はんすう》していた。しかし、ピキをパリのアパルトマンへ無事に運び込むまで安心はできない。甘い感傷はあっという間に消え去り、私たちは機内へと乗り込んだ。空席があれば自分の横にキャリーバッグを置いて様子を見ることができたのに、この日は運悪く満席で、やむなく彼女をエコノミー席の狭い足下に置かねばならなかった。それでも、客室乗務員さんは声をそろえて「猫ちゃんがいるんですか？　かわいいですね」などと声をかけてくれて、少なからず緊張がほぐれるのを感じた。

「飛行機は離陸し、空へと舞い上がった。さようなら、愛する日本。私はフランスで何かをつかんで帰ってこられるだろうか……眼下に広がる大地を眺めながら、そんなことを考えていた。

第2章

巴里へ

En route pour Paris

孤独と手をつないで

12時間のフライト中、私は一睡もできなかった。暇さえあればキャリーバッグを足下から取り出して、ファスナーを少し開け、ピキの背中やあごをさすった。彼女も興奮してまるで眠る気配がない。水もごはんもまったく受け付けず、せめてもと水を含ませたコットンで頻繁に鼻の上を湿らせた。何時間くらい経った頃だろうか。キャリーバッグを覗いて仰天した。ピキがファスナーをこじ開けて、いつの間にかどこかへ消えてしまっていたのだ。真っ青になって、ほかのお客さんの迷惑にならないように、機内の席の下をひとつひとつ確かめて歩いた。というのも、当時、私自身が猫アレルギーを持っていて、薬でたびたび押さえ込んでいたからだ。猫アレルギーを持ったお客さんが偶然乗り合わせていて、喘息発作を起こしてしまったらどうしようという心配が、まず頭をもたげた。機内の一番奥、ベトナム人の親子が座っているふたり席の下を覗くと、いた！　ピキは体を硬直させて、まん丸な目をカッと開いたまま震えていた。片言の英語で猫が席の下にいることを告げると、ベトナム人の親子は快く席をどいてくれて、無事にピキの身柄を確保した。自分の席に着くまでの間、周りのお客さんに「すみません、すみません」と頭を下げて歩いたが、みな口々に好意的な声をかけてくれて、ありがたいことこのうえなかった。

長いフライトののち、私たちはついにフランスの玄関口、シャルル・ド・ゴール空港へ降り立った。空港のパスポートコントロールを通る手前で空港の職員を捕まえ、日本から携えてきた書類をやぶからぼうに出し、緊張した面持ちで「動物の検疫はどこですか?」と尋ねると、「猫?検疫なんかないと思うよ」と、拍子抜けするような返事が返ってきた。え……?と、しばし書類を片手に呆然とした。あれだけ駆け回って準備したのに。思えば、これがその後、生活の中で幾度も経験するフランスのイージーな感覚の洗礼だった。疲れ果てていた私は、これ以上考えるのはよそうと、難なくパスポートコントロールを抜け、ピキと共にタクシーへ乗り込んだ。人生の一大転機なのだから、もっとドラマチックな気分に浸りたかったけれど、実際はそんな気持ちの余裕も体力も残ってはおらず、今はただひたすらピキを抱きかかえてベッドで眠りたかった。

空港のある郊外のロワシーから徐々にパリらしい、夕暮れのアンティークな景色が見え始めた。「ピキ、ついに来たよ。おまえさんは今日からパリニャンヌになるのだよ」そう話しかけると、母の言葉を解したのか白黒の日本猫は「にゃーん」と大きく鳴いた。

タクシーからピキとスーツケースを運び出し、緑色に染められたアパルトマンの重いドアを開けたのは、すでに夜の入り口だった。狭いキャリーバッグからやっと解放されたピキは、警戒しながら部屋の中をパトロールし始めた。嗅いだことのないフランスの匂いにくんくん鼻を沿わせてすみずみまで確認し終え、ようやくここが新しい家なのだとわかったのか、ほっとした様子で少しの水とドライフードを口にした。部屋には１９２０年代の木製の家具やベッド、同じく木で作られためずらしいシャンデリアがぶら下がっていて、その光景は昔見たフランス映画さながらの雰囲気を醸し出していた。

そうしてピキと暮らし始めたアパルトマンは、パリの東、20区のナシオンにあった。ここはパリ市内ではあるけれど、駅前を通るヴァンセンヌ大通りをまっすぐ突っ切れば郊外の入り口で、有名なヴァンセンヌの森が広がる地区だった。駅はロン・ポワンと呼ばれるいくつもの道路が放射状に接続した円形の交差点にあり、高級住宅地と治安の悪い地区が隣り合って混在している面白いカルチエ（地区、界隈）だ。市の中心地に比べると土地に余裕があるのか、大型電気店やデパート、ホームセンターなどもそろっていて、パリ初心者の住環境としてはこれ以上ないほど暮らしやすかった。ナシオン駅から歩いて5分、大通りから一本入った小道沿いに私のアパルトマンはあった。大家は、この地区で１００年以上、自転車・オートバイ業を営むデルケヤー家のおじいちゃん、フィリップだ。先だってフィリップの父上が亡くなり、それまで彼が使っていたパリ市内ではめずらしい一軒家の1Fを、私が借り受けることになったのだ。2Fから上にはフィリップの長男・パトリスが家族と共に暮らしていたが、一階部分の部屋は完全に独立していたため、誰にも気兼ねすることなくひとり暮らしを満喫できた。私の部屋は寝室とキッチンのふた間で、キッチン側の大きなフランス窓を開けると真四角の小さな庭があって、お隣にある小学校の建物とを隔てる壁の一面には、デルケヤー家の人々が育てた見事な蔦が這っていた。奥には、元工場として使われていた建物を改築した大きな一軒家もあり、広告代理店業を営むブルジョワ（資産家）の若い兄弟、マルタンとルーが住んでいた。

7月に下見に来たとき、私は神妙な面持ちで「猫を飼ってもいいですか？」とパトリスに聞いたのを覚えている。すると、パトリスがぽかんとした顔をして「当たり前じゃないか。ライオンは困るけど、犬でも猫でもなんでも飼ったらいいよ」と笑いながら答えてくれた。当時はこの国の住居に関する文化的な背景をほとんど知らなかったけれど、フランスの賃貸物件は、日本で禁止されていることが大抵問題なくできるのだった。動物を飼うことに始まり、部屋の壁のペンキを塗り替えたり、簡単なリノベーションしかり。もちろん大規模な工事の場合、大家さんとの相談は必要になるが、壁に画鋲を刺しただけでNGといった日本の息苦しい住宅事情から比べると、自由で肩がこらないものだった。この環境を下見していたから、ピキを連れてこられたのだと思う。そして私の予想通り、最後に日本で暮らしたマンションで無気力になっていたピキは、あっという間に目の輝きを取り戻し、蔦のからまる庭でのびのびと遊び始めた。当時、デルケヤー家では灰色のうさぎを飼っていて、ときたまうさぎも庭に出て飛び跳ねていたのだが、幼少期にうさぎと育ったピキはあっという間に仲よくなり、一緒に庭で遊び始めた。そんな姿を見るたびに、思いきってピキをパリへ連れてきてよかったなと、心から思えるのだった。

ピキにまつわる移住騒動はひとまず落ち着いたものの、次なる問題は私自身だった。とにかくフランス語がわからない。大学時代に第一外国語で履修していたにもかかわらずきれいさっぱり忘れていて、生活のすべての場面で困った。まず、デルケヤー一家との意思の疎通ができない。「備え付けの洗濯機はどう動かしたらいいの?」なんて基本的な質問すらも。いちばん困ったのはATM。画面に表示されるフランス語がわからなくて、お金を下ろそうにも怖くてボタンが押せないのである。現在では、どのATMでも必ず英語が選択できるが、10年前のパリでは、EU圏で使われているドイツ語、イタリア語、スペイン語の表記はあっても、英語の表記がないATMがまだまだ多かったのだ。しかもスマートフォンはおろか、電子辞書も普及しておらず、その場ですぐに調べることもできなかった。私はATMの画面をデジタルカメラで撮影し、家に戻って辞書で単語を調べ……を全画面分繰り返し、ようやくお金を引き出すという有様だった。これではパリで生きていけない……切実な危機感を抱いて、すぐさま14区にあるフランス語学校の門を叩いた。

その学校は、パリ市内の数あるフランス語学校の中でも日本人学生がとりわけ少なく、かつ欧米諸国を中心とした学生の多い学校だった。中にはキューバなどめずらしい国からの留学生もいて、彼らとの交流は言葉以上に世界を肌で感じる貴重な体験となった。日本に暮らしていたときには実感できなかった世界規模の政治的なつながりも、イスラエル人とアメリカ人のクラスメイトが妙に仲よくなるところを見て、なるほどなあと納得してみたり。各国の民族的な背景やキャラクターの違いはあるけれど、話してみればみな共通する感覚も持っていて、思いのほか彼らの存在は身近に感じられた。しかし、実際に授業が始まってみると、日本人の私とフランス語を含むラテン語を基盤としたコロンビア、イタリア、スペイン人などのクラスメイトの飲み込みの速さの違いに愕然《がくぜん》とした。当然といえば当然だが、フランス語は日本語とあまりに遠い言語だった。そして、語学を体得するという姿勢そのものの違いにも驚いた。日本では英語だけでも話せればすごいと認識されるが、ここに来る学生のほとんどがすでに2、3ヵ国語は話せて、ギリシャ人と韓国人のクラスメイトが授業でわからなかったフランス語文法について、お互いにしゃべれるドイツ語で説明し合う、という私にしてみれば度肝を抜かれる光景が当たり前のように展開していたのだ。語学は世界を広げるツールである、という軽やかな捉え方。新しい言語に対して身構えることなくスッと入っていける彼らを見て、目の覚めるようなカルチャーショックを受けた。

授業はわかろうがわかるまいがフランス語で行われる。はじめはちんぷんかんぷんでも、1歳児が親の言葉を毎日聞いて少しずつ理解するように、不思議と身についてゆくのだが、とにかく知らない言語に食らいつくというのは、信じられないほど脳が疲れた。集中して聞けるのは、はじめは30分が限界なのだけれど、私の取った授業は、この学校のプログラムの中で初心者が取れる最長の時間割だったので、午前中の授業が終わる頃には疲れきって毎日ヘトヘトだった。ただ授業を聞いているだけでも疲れるのに、ぼやぼやしていると、私の辞書には〝物怖じ〟という言葉はない！　と言わんばかりのラテン系クラスメイトに置いていかれてしまう。彼らはしゃべれなくても、わからなくても、とにかくうるさいほどハイハイ手を上げて積極的に質問を繰り出し、自らしゃべる機会を作っていることに気がついた。ややもすると「わかりません」とか「考え中です」などと言ってしまいがちな日本人的な態度は、フランスにいる限りなんの役にも立たないことが、ほんの数日間で身に沁みた。発言しない人は存在しないも同然で、うまくしゃべれない人の気持ちを察したり、気遣ったりする人は誰ひとりいなかった。日本にいるときから仕事柄、人前に出る機会も多く、元来、新しいことに怖じ気づくようなキャラクターではない私も、ラテン人たちの間に入れば、葛湯のようにやわらかく淡い存在になってしまう。

これはまずい……。とにかく質問を繰り出せる程度のフランス語をまずは身につけねばと、毎朝5時に起きて予習を始めた。学校へ行き、9時から13時まで基礎文法の授業。1時間のお昼休みのあとに、14時から15時まで会話の授業が週5日。学校とは別に先生を探して、週2日、家に来てもらって個人授業も受けた。さらに、週2回ほどデルケヤー家の人々と一緒に会話をしながらの夕食。22時から夜中の1時まで、その日の復習……と、パリ移住初期の私は、平均して4時間程度の睡眠しか取っていなかった。クラスメイトの日本人からは、この鬼のような学習姿勢をずいぶんと不思議がられ、「エミは私たちと違って長くフランスにいられるんだし、そんなに根詰めることないんじゃないの?」と、よく言われていた。彼らのほとんどは、1年のワーキングホリデーでフランスにやってきて、働きながら学校に通っている人たちだった。実際、留学のために必要なお金は決して安くはない。私の場合、彼と一緒に立ち上げた会社がフランスの輸入品を取り扱っていたので、パリでできる仕事も多かったし、給料を毎月、日本から送金してもらうことで、アルバイトをせずに学業に打ち込める恵まれた環境だった。だからこそ、私は苦労してフランスにいる日本人のクラスメイトよりも必死に勉強して当然だと思っていたし、給料をもらっているぶん、早くフランス語を身につけて、会社の役に立たねばという気持ちも強かった。

ところが急な環境の変化に加えて睡眠不足が祟り、入学して1ヵ月半を過ぎようとしていた頃、おかしな病気に罹ってしまった。何を食べても目の周りが面白いように腫れ、顔が出土したての土偶そっくりになってしまったのだ。原因は食べ物でも、アレルギーでもなく、疲れとストレスだというのは医者に行かずとも明白だった。落ち込んで気分がくさくさしていた私は、入学以来初めて学校をサボり、昼間から映画を観に行った。そのとき観たフィンランドの映画監督アキ・カウリスマキの、うら寂しく所在のない主人公が繰り広げる物語が、ちょうどその頃の私の心情にぴったりと重なって、胸に沁みたのを覚えている。

32歳のフランス語がほとんどしゃべれない日本女性。これが2002年当時、パリに暮らし始めた私のプロフィールのすべてだった。日本で築いた微々たるキャリアなどなんの役にも立たない、ちっぽけな自分がそこにいた。

なぜパリに行ったのか？　このシンプルな質問を、今もときどき取材などで投げかけられる。

20代の頃からの夢だったことに付け加える何かがあるのだとしたら「自分の中にある余計なものを捨てたかったから」と答えるだろう。名刺や肩書きにはなんの意味もなく、どんな仕事も等しく素晴らしいと思っていても、音楽業界の華やかな雰囲気の中にいて、普段と違う顔をした自分の写真が毎月雑誌のページを飾る経験を経たあと、気がつけば必要のないプライドや根拠のない自信を腰にじゃらじゃらと着けてしまっていた。まるで無用なキーホルダーが「自分を見て」と、音を立てるかのように。その自覚は、彼と立ち上げた会社の事務員時代に、初めて社会と真っ向から対峙《たいじ》することで発見したものだった。捨てるなら今しかない。自分の中に、大事なものを入れるスペースを作らなければ、私にはもうあとがない。ミュージシャンとしても、ひとりの人間としても、その危機感は絶大なものだった。そうして私はパリにやってきた。修業の先としては、これ以上ないほどの街だったと振り返ってみても思う。もしも今、セーヌの川岸で何かの拍子にふっと死んでしまったら、誰にも発見されずに真っ白な骨になれるだろう……そんなことをリアルに考えた純度の高い孤独な日々は、私の中の要らないものをどんどん削ぎ落としていった。暗く長い冬を越え、パリに来て半年が過ぎた頃には、相変わらず不自由ではあったけれど、日常のありとあらゆる場面で自分の意思を伝えられる言葉を話し始めていた。

彼女のPARIS

初めての春を経て、パリに短い夏が訪れようとしていた。この季節になると、デルケヤール家主催の〝なんとなくアペロ会〟が夕方から始まり、中庭はにわかにカフェテリアとなるのが恒例のようだった。アペロとは、食前酒＝アペリティフの略語で「アペロしようよ」という具合に、日常でよく使われる言葉だ。その日、そのときの気分を何より大切にするフランス人は、約束をしていたとしても実際にそれが行われるかどうかは、その日になってみないとわからない。特に遊びに関する約束事は、ドタキャンになったり、突発的に執り行われたりするのが常だった。こうした〝今を生きる感覚〟に振り回されることが理解できず、困惑することも多かったパリ最初期を抜けて、彼ら特有の気分の波を動物的なカンで受け取ることも、だんだん板についてきた。その日のアペロ会も、私、マルタンとルル、そしてデルケヤール家の人々の気分が、なんとなく一致して始まった。パトリスが庭先にテーブルを出し、各人が好きなお酒やおつまみを持ち寄った。約束をしていない気楽さと、予想していなかった新鮮さが加わり、からりとした夏の空気も相まって話が弾んだ。ふと蔦のからまる石壁を見ると、小さな巣箱が取り付けられているのに気づき「パトリス、あれ何?」と指差した。「かみさんのフロランスが、野生の鳥を住まわせるんだって言うから、俺が作ってあげたんだ」。独特の苦みがおいしいフランスの食前酒・スーズを呑みながら、その巣箱に近づいてみると、本当に野生の小鳥がチチチと鳴きながら出たり入ったりしている。その頃のピキは、すでにアパルトマンと庭、そして周辺の狭いエリアを自分のテリトリーにして、昼は庭を中心に、夜になれば車も人もめったに通らない我が家のあるプレンヌ通りを冒険しに出かけていた。彼女はものすごく行動的な反面、ごく限られた人にしか心を開かなかったため、この日のアペロ会でも、キッチンの窓から楽しそうな庭をじっと覗いているだけだった。

それから数日経ったある日のこと。学校から戻ると、なにやら庭の方で甲高い小鳥の叫び声が聞こえた。嫌な予感がして庭の方へ駆け寄ってみると、いつも開け放しているキッチンの鉄の格子窓から、小鳥をくわえたピキが意気揚々と部屋の中へ戻るところだった。「ピキ! フロの小鳥を捕っちゃダメじゃないの」そう叱ってピキを引き離し、息も絶え絶えの小鳥を救おうとあれこれ手を尽くしてみたのだが、介抱の甲斐なく死んでしまった。ピキは、叱られるわ獲物は奪われるわで、にゃーにゃーといつまでも抗議の声を上げていた。確かに、これが人様の小鳥で、これは野生の鳥、なんて区別を彼女に教えるのは無理というもので、いつもと変わらない狩りをしたピキの憤慨も理解できた。私は重い気持ちでデルケヤー家のドアをノックした。「ウィ」という返事のあとに、フロランスが「どうしたの?」と顔を出す。手のひらに死んだ小鳥をのせてうつむいた私が「実はピキが……小鳥を捕っちゃったの。ごめんなさい」と謝ると、フロランスは小鳥に目をやって驚いた。私はとても日本人的な感覚で、ピキがしたことは飼い主である私の責任であり、下手をすればピキは日本へ強制送還、もしくは私もろとも部屋を追い出されるかもしれないと思って身を固くしていた。するとフロランスは急に笑い出して「どうしてエミが謝るの? ピキは猫なんだから、鳥を捕るのは彼女の仕事でしょう? 小鳥はかわいそうだったけど、セ・ラ・ヴィね。私に謝る必要なんてないのよ」と言った。C'est la vie＝セ・ラ・ヴィとは、どうしようもないことが起きたときフランス人がよく使う、悲劇をさっさと終わりにする魔法の言葉で、「これが人生(だからしかたがない)」という意味だ。あきらめと同時に、次へ行きましょうという、前向きな意味合いも含まれる。私は救われた気持ちになって、デルケヤー家をあとにした。フランス人のフラットな価値観にさわやかな感動を覚えながら。

彼らにとっては、動物も、そして人もみな独立した一個人であり、個々の立場を尊重し、それぞれのテリトリー内で起こったことに妙な感情を差し挟んだりはしないのだ。そのさらりとした態度は、日本人の私からしてみれば、時に冷たく感じるほど決然としたものだった。基本的な価値観は、飼われている動物に対してもごく自然に貫かれ、パートナーとしての動物を理解し深く愛することと、べたべたと自分の感情を押し付けて溺愛するのはまったく別のものだと教えてくれる。のきなみしつけが行き届いていて、個性が際立つパリの犬や猫たち。飼い主は、まず自分のテリトリーをきちんと守るために、パートナーが幼い頃から邪魔をしないようしつける。人と動物は違うものである、というごく当たり前のことを踏まえたうえで、さらに種を超えた個々の立場を区分し、尊重する。飼い主の言うことはきちんと聞くけれども、それは動物が自分の意思でそうしているのであって、決して顔色を窺って判断を仰いでいるわけではないのは、街中で出逢う動物たちにも、友人の家で見る動物たちにも共通して感じる印象だった。

「まずは自分」というプライオリティーが、親子やカップル、飼い主と動物など、ありとあらゆる社会的な立場を超えて何よりも尊重されるのが、個人主義のあり方だ。人を助けるにも、まず自分がよりよくあらねば、といった考え方は、妙な建前にまみれがちな日本人の私にとって、目が覚めるような新しい境地だった。こんな風に書いてしまうと、フランス人は誰かが困ったときに助けてくれない冷たい人たちだと勘違いされるかもしれないが、決してそうではない。

ピキが丸2日間にわたって行方不明になったときのことだ。いつもなら長くても3〜4時間の散歩で家に帰ってくるはずなのに、待てど暮らせど帰ってこない。フランスでは、マイクロチップかタトゥーが入っていない無登録の猫はすべて野良猫と見なされ、保健所に送られるシステムだ。外歩きをするピキの首輪には、もちろん迷子プレートを付けていたけれど、飼い主が捜していることを知らなければ、自由にうろついている猫など、誰も迷子だとは思わないだろう。まさか迷子札をぶら下げた猫が、いきなり保健所に送られたりはしないよな、とは思ったが、捕獲した人が猫嫌いだったら……たまたま虫の居所が悪かったら……個人のイレギュラーな行動は充分ありえるフランスだからこそ、夜半を過ぎたあたりには心配で居ても立ってもいられなくなった。日本から持ってきたかつおぶしを抱え、家の周辺カルチエをくまなく捜してみたものの、ピキはおろか猫の気配すら感じない。眠れぬ夜を過ごし、朝が来るのと同時にデルケヤー家と、お隣のマルタン兄弟のところへ駆け込み「ピキがいなくなったの。見つけたら教えて」と涙目で訴えた。すると「それは大変だ！　今すぐ手分けして捜そう」と、いつもなら頼み事に腰の重い彼らが、意外なほど素早く立ち上がってくれた。アパルトマンの敷地内と、周辺の道をみなが「ピキー。私のかわいこちゃん、出ておいでー」と、まるで自分の猫がいなくなったかのように真剣に捜してくれる。「私、庭の裏手に住んでる友達にも知らせてくるわ。もしかしたら屋根伝いに、向こうの方へ行っているかもしれないから」と言って、フロランスは飛び出していった。小学校の教師をしていて、いつもは冷静なフロの熱い姿だった。ところがしばらくすると「私、買い物に行かなくちゃいけないから」とか、「友達とランチの約束をしているんだ」といった具合に、ひとり、またひとりと捜索隊が抜けていった。できるだけ助けるけれども、無理して自分の予定を変更するようなことはしないのも、フランス人らしい彼らのやり方なのだった。「わかった。ありがとう」そう答えると、私はそのまま捜索を続けた。しばらくすると、それぞれの予定を終えた捜索メンバーが戻ってきて、再び合流して捜しているうちに日が暮れていった。一旦戻ったアパルトマンの中で、食事ものどを通らずがっくりと肩を落としている私のもとへ、みながちょこちょこ顔を出し「きっと見つかるよ。一緒に晩ごはんを食べない?」と、優しい言葉をかけてくれた。「うん、ありがとう。でもピキが帰ってくるかもしれないから家にいる」と答えた私に「そう。じゃ、また明日ね」とさらりとした態度で帰っていく部分も含めて、恩着せがましくない優しさに、心底感謝していた。そこへ某自動車会社に勤務する私の彼の親友・フレデリックから電話があり、一緒に食事しないか?と誘われた。ピキがいなくなって意気消沈していることを伝えると、「ちょっと外に出て空気を変えたほうがいいな。意外とひょっこり帰ってくるかもよ」と言われ、気乗りはしなかったけれど、近所のチュニジアレストランへ出かけることにした。食事のあと「家でお茶でも飲もうか」と、通りに面したアパルトマンの寝室を覗いて思わず声を上げてしまった。まるで何事もなかったかのように、ピキがベッドでのんびりしているではないか。ピキは私たちの騒々しい捜索が怖かったらしく、アパルトマンの地下にあるカーヴ（貯蔵庫）の奥深いところで静かになるのを待っていた……というのが、のちに笑い話となったピキ失踪についてのデルケヤー一家とマルタンたちの見解だった。

キッチンで温かいお茶を飲みながら、フレデリックがこう言った。「ほらね、帰ってきたでしょ？　物事が動かないときは、外に出て空気を変えるのがいちばんなのさ」。小さな冒険から戻ったピキは、人見知りにしてはめずらしくフレデリックの足にすり寄って「ねえねえ、カーヴにはたくさんワインがあって、ネズミもいたのよ！」と、埃だらけの顔で嬉しそうに話していた。

失踪事件以来、私はピキの外出に多少の制限を設けることにした。自分の目の届かない場所へ行ってしまわないよう、ときには一緒に外へ出て、ピキの気が済むまで散歩に付き合った。ときどき、ピキと同じように夜だけ外出を許されているほかのお宅の猫を見つけたり、窓際にちょこんと座っているかわいい猫に「こんばんは」と挨拶したりした。パリの街を闊歩しているのは、だいたい犬がメインで、レストランや商店などの店先にいる看板猫以外の猫に出逢える機会はそう多くない。でも、フランスでは犬よりも猫のほうが多く飼われているという事実は、スーパーやデパートに立ち寄った際に、キャットフードの豊富さを眺めると納得がいった。

パリで暮らし始めて驚いたことは、衣食住の基本的な習慣の違いに始まり、根本的な物の考え方など数えきれないほどあるが、猫のごはんの違いも発見のひとつだった。まるでワインのおつまみにもいけるんじゃないか？　と思ってしまうような、うさぎや鴨のパテ、魚のテリーヌなどの猫用ウェットフードが美しいパッケージで売られていて、ピキにもあげてみたところ、大喜び。食べやすいキューブ型に切られたそれらのフードは、まったりとしたソースがからまっていて、さすが美食の国・フランス！　と感心してしまった。食事に配慮するという発想そのものがなかった若かりし頃の私は、別段なんの危機感もなく、猫の喜びは私の喜び……とばかりに、ピキが欲しがるままにそうしたごはんをあげてしまっていた。その結果、パリ生活2年目を迎える頃には、〝ニャジラ〟と呼びたくなるような、でっぷりした姿へ変貌してしまった。

ちょっと痩せさせないとな……と思っていた矢先だった。ある日、買い物から戻ると、ピキが後ろ脚を引きずっていた。「どうしたの!?」と聞いてみたところで、猫に説明できるはずもなく、ここ30分程度の間に何が起きたのかさっぱりわからない。パリで暮らし始めてからは運よく病気ひとつしなかったため、動物病院のあてもなく、急いで近所の犬飼い友達に電話をして、この界限で評判のいい動物病院を紹介してもらった。しかし、脚を引きずっていることを説明できたとしても、治療に関する獣医さんの説明が理解できるのか？　動物の医学用語なんかひとつもわからない……そう思いながら、巨漢のピキをバッグに入れて紹介された動物病院のドアを叩いた。秘書のマダムに診察室へ通されて、初めて対面したパリの獣医、ムッシュ・ザキンは、動物愛に燃えるハイテンションなお医者さまだった。私は事の経緯をできるだけ細かく説明したものの、なぜピキが急に脚を引きずり出したのかはわからないと伝えた。もしも体重増加がなんらかの原因だとしたら、私の食の管理不足だと自分を責めながら。先生はピキの脚を丁寧に触診し、「これといって骨に異常はないみたいだね。おそらくテーブルから飛び降りる際、おかしな着地をしたんじゃないかな。軽い捻挫だね」と言い、薬を出してくれた。私はしつこいくらいに薬の飲ませ方を聞き、紙にメモした。というのも、パリで私自身が病気になった際、日本とはまったく違う薬の飲み方に驚いた経験があったからだ。日本では、大抵の薬を食事の30分以内に服用し、胃を荒らさないよう配慮するけれど、フランスにはそうした観念自体がない。食事とは関係なく、何時間おきにコレコレを何錠……という具合で、病気のせいで食が細ろうが細らまいが、どしどし薬を服用する。日本で決められている服用上限よりもかなり多めの強い薬を処方されて、効くけれども半ば酩酊《めいてい》……ということもあった。フランスは医薬開発先進国であり、薬そのものの値段が安い。合理主義らしい「薬を飲めば苦しみから解放されるのに、飲まないでがまんするなんてナンセンスじゃない?」という発想も手伝っているのかもしれない(今の若い世代には、できるだけ薬を飲まないで治す人も増えているのだけれど)。先生の的確な薬の処方がよかったのか、ピキは1週間もすると、また元気に庭を走り出した。

ピキの健康面が気になり出したこの頃、私自身の体も見直さなければならない時期にきていた。かねてから悩みの種だった猫アレルギーが激化して、根本的な改善が必要だと感じたのだ。仕事で渡仏していた彼と共に、ロンドンへ短いヴァカンスを過ごしに行った際、リッチモンドに腕のいい中国人の漢方医がいることを知り、半信半疑ではあったが出向いてみることにした。先生はまぶたの粘膜の色を見たあと、長い時間脈診をして、私の体質や食生活、ありとあらゆる弱点を物の見事に言い当てた。「お茶のようにして飲む薬を出しますが、これは最低半年以上続けてもらわないと意味がない。あなたは治す気持ちがありますか?」。先生はそう言って、無数のガラス瓶から様々な生薬を調合し、1日分が小型のジップロックほどの大きさにもなる包みを手渡した。パリに戻って、朝・晩2回、その薬を煮出して飲み始めた。これが猛烈にまずいうえに、強烈な匂いを漂わせる。漢方薬の匂いに慣れている日本人の私にはまったく問題なかったが、慣れていないフランス人には厳しいようで、煮出すたびに隣人たちが「なんだこの堪え難い匂いは!?」と、大騒ぎして覗きに来た。大変申し訳ないが、薬なのでしばらくがまんして欲しいと説明し、半年ほど漢方薬を飲み続けた結果、猫アレルギーだけでなく、ハウスダストや花粉など、もともと持っていたアレルギー反応が目に見えて軽くなった。おそらく薬だけでなく、食事のバランスを前よりも大切にしたり、肉や乳製品が多くなりがちなフランス式の食生活を、日本人本来の体に合ったものへ戻したりしたこともよかったのかもしれない。それでも完治はしなかったけれど、猫アレルギーの改善体験が、トータルで体を考えるいいきっかけになったことは間違いない。

私の体質改善の傍ら、ピキは怪我の回復以来、体調を崩すこともなく、ますます血気盛んになっていった。ときたま庭先に現れる大きな黒猫がいたのだが、彼はアパルトマンの屋根伝いにやってきて、いつもピキを上から見下ろしていた。猫にとって上座を取られることは、それだけで腹が立つらしく、黒猫が現れるたびに「出てけ! ここは私の庭よ」と、ご近所さんがびっくりして窓から覗くほどの雄叫びで威嚇《いかく》した。ピキは私と、私が信頼する数少ない人々以外、この世のすべての人間と猫が嫌いだった。幼少期のトラウマゆえなのか? それとも彼女が元来持っているキャラクターなのか? とにかく私に見せる愛らしい姿はいったい……と、目を疑うような攻撃性をパリの猫たちへぶつけまくった。それでもなぜかオス猫にたびたびモテるピキは、同性の私から見ても不思議な存在に映った。

ある時期、熱心にピキのもとへ通う品のいいオスのトラ猫がいた。彼は、夜の外出が許されている時間になると、通りに面した寝室の窓の下にちょこんと座り、「あーん、あーん」と甘い言葉でピキを誘う。丸顔のかわいい猫で、お洒落な首輪と毛並みから、きちんと育てられている良家の坊ちゃんを思わせた。彼がやってくるとピキは、なに!? また性懲りもなく来て！ と言わんばかりに、「うぎゃぁあああ！」と品のない叫び声を上げて追い払おうとする。彼はその様子に驚いて小さくなるものの、ひとしきり罵声を浴びせられたあと、また愛らしい声でピキへの愛を語るのだ。そこには人間のパリジャンを彷彿とさせる、恋にめげない姿があった。「ママ、あの子ならおつきあい賛成よ」と言ってはみても、すでに避妊手術をしているうえ、ほかの猫が大嫌いなピキの威嚇は収まらない。窓際に仁王立ちして鬼の形相のピキをたしなめるたびに「ママ、趣味が悪いわね！ あんな軽い男に興味ない」とばかりに鼻を鳴らした。それでも、トラ猫は毎夜ピキのもとへ通ってきたが、ある日を境にぱったりと来なくなった。もっと心優しい女の子を見つけたのかもしれないし、遠くに引っ越してしまったのかもしれないが、彼が来なくなって寂しがったのは、ピキよりもむしろ私のほうだった気がする。

一匹狼の修行時代

動物と一緒に暮らすと、飼い主と飼われている子は似るとよくいわれるけれど、暮らすことによって似てくるのか？　それとも似た者同士が縁あって暮らし始めるのか？　どちらが先なのか今もよくわからない。ピキのことを散々、人見知りと紹介している私も、実は意外なほどの人見知りである。本当に心を開くのはごくわずかな限られた人だけだし、ピンとくる人に出逢うまで、いくらでもひとりでいようとするものだから、パリ初期に数少ない友達からつけられたあだ名は「一匹狼」だった。

パリに来るとこれまでの価値基準が曖昧になる。振り出しに戻ると言ってもいい。ただそれは、言葉の問題や、異文化へ入っていくために既成概念を壊さねばならない一時期の話であって、本来持っている自分の価値観の軸が、溶けてなくなってしまうわけではないのだ。そうした時期は寂しくて孤独なものだが、できるだけ自分自身と丁寧に向き合わなければいけない。私は無理に友達を作ろうとはしなかった。もちろん数人の友達はいたけれど、寂しさを紛らわすためだけに誰かといることは極力避けた。その結果、「一匹狼」というありがたい称号を頂いたわけだ。自分から望めば、語学学校や日本人コミュニティーの中に言葉の通じる日本人もいたし、日本文化が好きなフランス人もパリにはたくさんいた。でも、「ここはパリで選択肢が少ないから、この人と友達になる」というのは相手に失礼だし、何より自分の価値観の軸がぶれてしまう。友達は「友達になってください」と言って作るものではない。恋人もしかり。ここが日本なら、自分が誰と友達になるか？ といった価値観の基準は、とても大切なものだ。これは友達や恋人など〝人〟だけに限ったことではない。異文化を柔軟に取り入れる心のキャパシティを広げてゆくのと同時に「私は日本人であり、何よりもまず私である」という価値観をぶらさず、自分にとって要るものと要らないものを見分けることで、自分の中にある大切なものを置く棚に、本当に欲しいものだけを置こうとした。それは、人生の中でそうそう訪れることのない、幸せな孤独期と呼べる日々だった。誰かと一緒にいるのは気が紛れるし、寂しさも薄らぐ。けれど、根本的な物の考え方と価値観の違う外国でひとりの時間を持つことは、ごまかしの利かない環境で、自分の弱点に向き合える絶好の機会になる。パリ移住初期は、学校から疲れて帰ってくると、弱点だらけの貧相なもうひとりの自分が家で待っている感覚があった。気力が満ちている日は、その鏡のような自分を正面に据え置いて勉強に没頭できたが、ひどく落ち込む日も頻繁にあって、そういう日は、もうひとりの自分に飲まれてさらに凹んだ。言葉の繰り出しも遅くなり、外に出るのも怖くなる。今日はひと言も言葉を発してないなと気がついて、むりやりピキを相手に会話する寂しい日も稀ではなかった。落ち込む理由はフランス語が通じないことに尽きたが、それはクリアせねばならない課題の仮の姿だった。言葉の習得を通して、できないことをできるようになる強い意志を持った自分を作りたかった。そのために、毎日取り決めた課題がクリアできないと、自分に負けたと感じてひどく落ち込むのが常だったのだ。その青い感覚は、居場所のない東京に出てきた、若かりし19歳当時の再現だった。

移住1年を過ぎた頃、アムステルダムに暮らすフォトグラファーの友人が紹介してくれた、パリのグラフィティーチーム《MAC graffiti》に誘われ、本格的に絵を描き始めた。もともと、ものすごく男社会なグラフィティーの世界へ突然入っていくことになった私は、紅一点のメンバーであることに加えて、この世界のことなど右も左もわからない新人だった。日本ならばどの分野でも、何も知らない新人が入ってくれば先輩が気遣って手取り足取り教えてくれるものだが、ここでは自分から何を知りたいか申し出なければ、何時間でもそのまま放っておかれた。人間関係にリスペクトはあっても、年功序列や、目上の人への妙な敬いもない。同じチームだからといって、みながみな、私へ理解を示す義務もないから、見事に私の存在を無視するメンバーも中にはいた。自分の立ち位置を決めるのが、周りの人の反応であることが多い日本とは真逆の発想。私は「自分の存在理由は、自分で決めていいのだ」そう解釈した。言葉を実地で学んでいく過程でかならず発見する思想の違いは、感情だけで捉えれば、ただの辛い出来事で終わってしまうが、論理的に自分の中へ落とし込むことによって、新しい価値観へと生まれ変わる。引き出しの増えた私は、自分が繰り出す言葉と行動がうまく連動して、内面が洗練されていく手応えを感じた。フランス人が不思議とかっこよくエレガントに見えるのは、管理された自意識と行動がなめらかに調和しているあたりに鍵があるのかもしれない。MACに加入し、ほかにも映画、音楽など様々な分野を開拓していった一匹狼は、気がつけばパリでたくさんの仲間を見つけるに至った。たまにフレデリックと数人の友達が遊びに来るくらいだった我が家へ友達がどやどや来るようになり、人見知りだったピキもずいぶんとフレンドリーな猫になっていた。〃飼い主に似る論〃から発展した、〃飼い主の成長は飼い猫の成長にも影響する〃という新たな持論も、当時のピキを振り返るとあながち嘘とは言いきれない気がする。

はじめは、ただ純粋に学びたいと思った分野が徐々に仕事へと変わっていったのも、この時期だった。フランス語はまだまだなレベルだったけれど、仕事となれば否が応でもやるしかないと、到底実力には見合わないと思う仕事もどんどん受けて、勉強しながら必死にやりこなしていった。面白いもので、チャンスというのは身の丈に合ったサイズで来ることはめったになく、自分よりもひと回り大きなものがいつもやってきて「私には無理です」と断ることも、あえてそれを受けて、必死に学びながら短期間のうちでチャンスに見合う自分を作ることもできる。人は誰でも新しい世界を恐れるものだが、それは私も同じで、見合わない仕事がやってくると、そのチャンスはピンチにしか思えなかった。何度か大きな仕事をやりこなすうちにわかったことは、チャンスはピンチの顔をしてやってくるというものだった。ピンチをピンチのまま受け止めてしまうのも、チャンスに変えるのも、同じひとりの人間の捉え方次第なのだと、私は考えるようになった。

要らないものを削ぎ落として、大切なものが棚の中に増えていったパリ4年目。私はまた新たな人生の波を迎えようとしていた。大家のデルケヤー一家の親戚に失業者が出てしまい、住処を失った親戚を私の借りている部屋に住まわせるため、急遽、アパルトマンから出て欲しいと告げられた。契約当初、口約束ではあったものの「10年住んでいいよ」と言われていたし、そちらの都合だけで出て行けもないだろうとはじめは戸惑った。でも、デルケヤー一家の人たちが、この3年半で私にしてくれた数々の感謝しきれない助力を考えれば、これは断れない……と、私はその申し出を飲んだ。充分考えて出した答えだったが、パリで最初に居を構えたこのアパルトマンを出て行くことは、まるで巣を追い出されるひな鳥のような、不安な気持ちでいっぱいだった。引っ越しまでに与えられた猶予は3ヵ月あった。パリ市内のほかのアパルトマンを探す選択もあったけれど、それが選べそうにない状況が新たに加わった。彼と経営していた輸入会社がユーロ高のあおりを食らって、難しい局面に立たされていたのだ。それと、4年間行ったり来たりしながら続けていた日本での私自身の仕事を、もう一度組み立て直したい気持ちもあった。パリとは違い、物事の移り変わりが激しい日本では、年単位で離れていると仕事の立ち位置が薄れがちな傾向がある。この先パリで人生を続けるにせよ、一度は日本に帰って、4年間ここで学んだことをきちんと整理する必要があると感じていた。残りたい気持ちもあったが、今は帰るべきなのかもしれない……そう思い、帰国を決めたのは、2006年の3月だった。

腹を決めてから、すぐに動いたのはフランスに来るとき同様、ピキの帰国についての手続きだった。成田空港で見た仮係留室の光景がずっと頭に焼き付いていたし、まだ3ヵ月の猶予があるのだから、きちんと帰してやれると思っていた。ところが、いざ農林水産省の動物輸入に関するホームページを見て愕然とした。なんと法律が改正され、犬・猫の入国がありえないほど厳しい条件に変わっていたのだ。とにかく3ヵ月以内に条件を満たせるよう、すぐに動く必要があった。

ピキの場合、フランス入国時には必要がなかったマイクロチップ、もしくはタトゥーによる個体識別登録が必要だったので、まずはそこから始めた。パリから成田空港の動物検疫所へ電話をして、個体識別登録はマイクロチップ、タトゥーどちらでもいいのかという質問をすると、電話に出た防疫官から「どちらでも問題ない」という回答をもらった。私としては、できればタトゥー登録をして、マイクロチップを入れるのは避けたかった。なぜならフランスの場合、チップを読み取る機械が日本のようにきちんと整備されているとは限らず、もしもたまたま当たった検査官が電池切れや管理の悪い端末を持っていたら、アウトになってしまう危険性があったからだ。それまでにも、日本では考えにくいATMの故障を始め、生活の中のありとあらゆる機械がこの国では信用できず、しかも運悪くそうした事態に直面してしまえば、相手が大きな組織や会社でも、誰も責任を取ってはくれないことを散々経験していた。周りで犬や猫を飼っている友達や獣医さんにも相談してみたが、みな、似たような理由でタトゥーを選んでいる人が多かった。タトゥーは、耳の片方にアルファベットと数字で構成される6桁の文字を大きく入れるので、誰が見てもその子を識別することができる。ピキの捻挫のときにもお世話になったザキン先生の動物病院へ、3ヵ月以内にピキを日本へ帰してやらねばならないことと、そのための細かな条件をフランス語に訳したものを持って出向いた。まずは、ピキの耳にタトゥーを入れて、ユーロ圏内のどこの国でも有効な猫のパスポートを発行してもらった。家に戻って、ヨーロッパらしいお洒落なデザインのパスポートをじっくりと見てみたら、ピキの品種名が「ヨーロピアン」になっていたのには思わず笑った。ピキは正真正銘の日本猫だが、パスポートをフランスで取ったことにより、国籍上ではフランス生まれのヨーロッパ猫へ生まれ変わってしまったというわけだ。東京・目黒区のゴミ捨て場から救われ、流れ流れてパリでヨーロッパ品種となったピキ。これが人間ならば、映画の主人公に負けない数奇な運命の持ち主と呼ばれただろう。同時に、帰国の必須条件となる「2回以上の狂犬病ワクチン」の接種を受けた。ピキは、前年の9月にパリで予防接種を受けていたので、当然、有効期間内に打ったこのワクチンもカウントされると思っていたし、ザキン先生も同じ意見だった。そして、帰国条件のひとつになっている狂犬病の抗体価ができているか否かを確認する血液検査のため、ワクチン接種と同じ日に血液を採取してもらって、パリの動物検査ラボへ郵送した。フランスでは、飼い主自身が動物病院から血液を預かり、小切手と共にラボへ郵送するやり方が一般的だ。そういえば、日本では人間用の街の小さな病院でも当たり前にやってくれるレントゲン検査なども、フランスでは独立した検査ラボへ行かなければならないシステムになっている（簡単な尿検査なども、このラボに出向いてやることがある）。ひとまず帰国のための手続きは滞りなく終わったと思い込み、日本語で書いた必要書類を成田の動物検疫所へ送り、書き漏らしや不備がないか確認の電話をかけてみたところ、再び愕然とすることになる。ピキに施したタトゥーでは入国できないという信じられない回答が帰ってきたのだ。こうした情報の行き違いがないように、事前に電話での確認を取ったのに。その日、電話口に出た防疫官から「問題ありません」という説明を受けた旨を伝えたが、「法律が変わって情報が錯綜していて申し訳ない。しかし、タトゥーは読み取りが難しいものも多く、マイクロチップをお勧めしています」と言われてしまった。ピキはすでにタトゥーでのパスポートを取得しており、マイクロチップでの二重申請はできない。日本とは事情の違うフランスでの個体識別状況を説明し、なおかつ許諾を出した防疫官の発言責任をそちらできちんと持ってもらいたいと食い下がったが、その時点でははっきりとした回答が得られなかった。そのうえ、狂犬病の血液抗体検査は、個体識別後2回の狂犬病ワクチンのあとに行わなければ無効で、かつ昨年9月に受けた予防接種は個体識別の前なのでカウントされないとのことだった。農林水産省のホームページはくまなく見ていたつもりだが、詳細は電話をかけて知った事実だった。防疫官の方はとても丁寧に説明してくださったし「法律が改定して、私たちも混乱している」と何度も謝ってくれたが、それで済む話ではなかった。私はストレスのあまり、熱を出して寝込んでしまった。2回目の狂犬病ワクチン、血液検査、半年待機のやり直しはどのみち避けられそうになかったが、これについては数ヵ月ピキを預かってくれる人を探せばなんとかなりそうではあった。しかし、タトゥーが非受理になると、下手をすればピキが一生日本へ帰れなくなるかもしれないのだ。がっくりと肩を落としてザキン先生のところへ出向き、事の経緯を説明すると「どうなっているんだ、日本の検疫所は！　これだけの条件を満たしているのに、動物が入国できない馬鹿な国は世界で日本だけだぞ！」と、飼い主の私ですら驚くような怒り様で「私が成田に電話をかけてやる！」と本当に英語で電話をかけ出した。ザキン先生の真摯な対応に目頭が熱くなった。実際、ザキン先生を含むフランスの獣医さんは、掛け値なしに動物が大好きで、彼が特別親切な先生というわけでもないのが、動物愛護大国フランスのまたひとつよい側面でもあるのだ。しかし先生の抗議もむなしく、防疫官からの回答は、私が聞いたそれとまったく同じものだった。

そうこうしているうちに、私自身の引っ越し準備もしなければならない時期へ入った。実はこの頃、2冊目のパリに関する本を執筆していたところで、忙しい仕事の合間に様々な手続きや荷物のとりまとめをしなければならないうえ、ピキの身の振り方がはっきりしない不安を抱えたままで、心も体も厳しい数ヵ月だった。さらに2006年の夏は猛暑が続き、エアコンのないパリのアパルトマンでの睡眠不足と心労が祟り、急性蕁麻疹に罹ってしまった。全身が地球儀模様になった私を見て、フロランスが慌てて医者を家に呼んだほどひどかった。フランス人のお医者さんに強い抗アレルギー薬を処方してもらったが、症状は一向によくならず、最後は日本人医師が常勤している総合病院アメリカン・ホスピタルへ駆け込んだ。日本人のお医者さんに、楽に通じる日本語であれこれ話をしていたら、発疹がすっと引いていくのがわかり、今私に必要なのは、薬以上に心の内を母国語で吐露《とろ》することだったのだとしみじみ思った。この日は、FIFAワールドカップの決勝戦でフランス代表のジダンが、イタリア代表のマテラッツィに歴史に残る頭突きをした事件の翌日だった。ジダンの暴挙に対する抗議の旗がパリの街中に掲げられていて、病院から家に戻るタクシーの中で、その旗をぼんやりと眺める自分がいた。

帰国日が決まり、引っ越しの荷造りも最終段階に入った2006年7月の中旬、日本の出版社から一本の電話がかかってきた。内容は、私が4年間にわたり某映画配給会社のウェブサイトで連載していたヨーロッパの映画に関する連載をまとめた本を出版したいというものだった。ちょうどその頃、パリのポンピドゥー・センターで、ヌーヴェルヴァーグの巨匠ジャン＝リュック・ゴダールの大規模な回顧展を開催していて、映画に関する本を出すのなら、ぜひその期間パリに留まり、できる限り多くのフィルムを見て原稿を書き下ろしたいと申し出た。帰国まであと1週間もなかったと記憶している。その日の午後には、帰国便の搭乗日を変更し、すでにお別れを伝えていた友達に電話をかけると「そうなると思ってた。あなたはパリがなかなか離してくれない人だと思う」と言って彼女は笑った。それまでも、やってきた電車の行き先すら確かめぬまま飛び乗るような人生の連続だったが、このときもまさにそうで、搭乗日の変更をしたあとに、そもそも住む家がないことを思い出す有様だった。すると、ものすごいタイミングでMACのメンバーから様子を窺《うかが》う電話がかかってきた。もう少しパリに居ることになった、と告げるとメンバーは「家がないんだったら、チームのアトリエに住めよ。ここは夜、誰かいてくれたほうがセキュリティー上も好都合だし」と、私の延長滞在を心から喜んでくれた。15箱ものダンボールを国際宅急便で出し終え、残されたものは、パリにやってきたときと同じスーツケース2個と、ピキの入ったキャリーバッグだけになった。でも、来たときには持っていなかったあらゆる知識と経験で、私の内面は満たされていた。

デルケヤー家のパトリスとフロランスは、餞別にモノクロの素敵な写真を額縁に入れてプレゼントしてくれた。空っぽになったアパルトマンを眺め、ここで過ごした約4年間をしみじみと思い出していた。何ひとつわからなかったパリの最初期を包んでくれた、私の第二の出発点。深々と一礼したあと、静かにドアを閉め、私はピキと振り返ることなくアパルトマンを去って行った。

おまえを離さない

引っ越し先のMACのアトリエは、パリ郊外のバニョレ市にあった。メトロ3番線の終点・ガリエニ駅から歩いて10分ほどのアトリエは、郊外とはいえ交通の便もさほど悪くなく、家なき子の私にとってはありがたい住処だった。ここは半分がオフィス、半分が作画スペースとリビングになっていて、ソファベッドを広げれば、充分快適に寝泊まりできる空間だった。ピキは突然環境が変わり、日中は人の出入りも激しいアトリエにしばらく驚いていたが、70平米もある広々とした空間が気に入ったようで、夜になればのびのびと部屋中を駆け回って遊んだ。私は3冊目の本のために、着々と映画の取材をこなしつつ、2冊目の本の執筆も同時に続けていたが、ピキの帰国に関する問題は依然解決しておらず、パリでのひとり居残りは決定的となった。彼女の身柄は、私が次回渡仏する2ヵ月後まで、友人の広いアパルトマンで見てもらえることになり、このうえなくありがたかった。なぜ2ヵ月後に戻ってくるのかといえば、今回不受理になってしまった狂犬病の血液抗体検査を最速で進めるためだった。

ピキと一緒に、パリの思い出を胸に抱きながらの美しい帰国劇を夢見ていたのに、現実は愛猫を置き去りにする罪悪感にまみれた、後ろ髪引かれる一次帰国となってしまった。成田空港に到着して、取る物も取りあえず直行したのは空港内にある動物検疫所だった。タトゥー登録問題をなんとか解決しなければ、ピキは一生、帰国できない可能性すらあった。フランスでは、一個人の熱意と弁明ほど強いものはないのだが、日本でそれが通用するとは到底思えなかった。それでも私は、我が子の帰国をかけた一世一代の弁明を展開した。最終的に、法改正直後の混乱期で、検疫所側の説明にも不備があったのを考慮してくれて、条件付きながらタトゥーでの申請を認めてもらえた。フランスに待機しているピキのタトゥー写真を、預かってくれている友人に頼んで撮ってもらい、メールで送られてきた画像を動物検疫所の係官に見せることが条件のひとつに含まれていた。ピキの登録番号は「ＦＮＷ１５９」だったが、フランス人の書く数字のフォルムと日本人のそれは、見た目がかなり異なる。たとえば数字の「1」をただの棒として書く日本とは違い、フランスでは左側に出るちょこんとしたはみ出しが、「1」本体と同じくらい長いため「これは本当に1なのですか？」と質問されるなど、ほんの些細なことで文化や習慣の違いを感じずにはいられなかった。

こうしてピキと離れ、日本でできる手続きを進めながら、息つく暇もなく2冊同時に本の執筆を進めていたら、パリ滞在最終期に発症した急性蕁麻疹がひどい形で再発し、今度は緊急入院する羽目になってしまった。点滴を打ちながら病室でも執筆を続け、退院してまた仕事……そうしているうちに2ヵ月などあっという間に過ぎていき、私は再びパリ行きの飛行機に飛び乗った。タトゥー問題が無事に解決し、あとは通常の手続きを踏めばピキを帰してやれる希望があったので、幾分心持ちが明るかった気がする。2ヵ月間面倒を見てくれて、その様子をメールでたびたび教えてくれた友人のもとへピキを引き取りに行き、MACのオフィスでの仮暮らしがまた始まった。私は引き続き本の執筆を続けながら、前回カウントされなかった狂犬病ワクチン接種と血液再検査のために、ザキン先生の動物病院へ出向いた。ここ数ヵ月の事の顚末を話すと、「ピキは必要のないワクチンを何度も打たれて、あなたはお金をドブに捨てなければならないなんて、本当にかわいそうだ！」と先生は涙を浮かべて激怒した。伝染病に関するセキュリティーが世界でもトップクラスに厳しい島国なのだから、これは致し方ないのだと私は先生をなだめた。再び動物検査ラボへピキの血液を送り、戻ってきた狂犬病の抗体価を証明する書類を受け取って、ピキの帰国手続きの半分が終わろうとしていた。このあとピキは、検査のために血液を採取した日から数えて180日のフランス待機期間を消化すれば問題なく帰れるはずだ。採血の日は、2006年10月25日。単純計算で2007年の4月25日以降なら、ピキの帰国は可能になる。新たな問題は、ピキの向こう6ヵ月の身元引き受け先なのだが、1ヵ月の滞在中それを見つけてやることがどうしてもできなかったので、再びパリへ戻る12月までの2ヵ月弱、MACのアトリエで面倒を見てもらうことになった。人見知りなピキが友人の家で2ヵ月の滞在を強いられただけでも大変だったろうに、今度はヒップホップ兄さんだらけのオフィスでひとりぼっちにさせるのは、心がかきむしられるような思いがした。いや、友人宅もMACのアトリエもどちらも広いうえ、みな猫好きの集まりだったし、預ける環境としては申し分なかったが、ピキ自身の社交的とは言い難いキャラクターが問題だったのだ。「安心しておいて行きなよ。俺たちの中には猫を飼ってるやつもいるし、みんなピキのことが大好きだから問題ないよ」と、メンバーは励ましてくれたが、日本に再び戻る前日、私の体にぴったりとくっついて眠るピキを見て、涙が出るほど行く末が心配になった。今思えば、その後自分の身にあんなことが起こると知っていたなら、滞在を延長してでも彼女を個人で預かってくれる人を探したのに……。

ピキを預けて再び日本へ帰国した私は、2冊の本の執筆を進めながら、ハードな仕事の日々へと戻っていった。そんな折、なにげなく受けた健康診断でとんでもない病気が見つかってしまった。子宮頸がんだった。他のがんとは違い、ヒトパピローマウイルスの感染によって起こる子宮頸がんは、ウイルスが100種類以上あり、その中でもハイリスクなものが約15種類見つかっている(2012年当時の情報)。運悪く私が罹ったウイルスは、この約15種類の中でも特にリスクが高いタイプだった。すぐさま子宮頸がんの権威を探し、セカンドオピニオンを受けたところ、街の婦人科クリニックで告げられた診断結果よりもステージが上で、かなり進行していることがわかった。「あと1ヵ月、発見が遅かったら子宮温存はおろか、あなたは半年後、この世にいなかったかもしれない」と医師に告知されたとき、このタイミングで助かったのは、まだ何かやらなければならないことがあるのだろうなと思った。事実、腹部にはなんの痛みも不調もなかったのに、ある日突然、何かにふっと背中を押され、街のやぶ医者に「必要ないのでは?」と言われるのを押し切って受けた検査の結果、見つかったがんだったのだ。緊急入院して、レーザーによる円錐《えんすい》切除手術は無事に終わった。しかし、術後しばらくは週に1度の検診や検査が続き、とても日本を離れられる状況ではなくなった。ピキを預かってもらっているMACのメンバーに連絡をして、病気のこと、しばらくパリへは行けそうもないことを伝えた。ピキはアトリエの生活に慣れたようで、メンバーの膝の上に乗ったり甘えたりして、みんなにかわいがられている様子だった。夜、ピキと一緒に眠るためにわざわざ泊まってくれるメンバーもいるとのことだった。「心配しないで療養しろ」というありがたい言葉をもらったが、本当は心配で居ても立ってもいられない気持ちだった。飄々と病気を乗り越えたように見える私でも、ここ数年の疲労はピークに達し、ピキの不在も心に大きな穴を空けた。

それからしばらくして、MACのメンバーから連絡が入った。ピキがオフィスの方々に粗相を始めて困っているという。数ヵ月に及ぶ私の不在や、環境の変化にピキの精神不安もピークに達していた。前回の滞在時に、なぜもっと手を尽くしてピキを個人宅で預かってくれる人を探さなかったのかと心底後悔した。これ以上、メンバーに迷惑をかけることも、ピキにストレスの多い環境で生活させることもできないと思い立ち、パリの友達づてで、預かってくれる人を探した。その結果、人づてのまた人づてで、ピキの面倒を見てくれる人が見つかった。お会いしたこともないその方に、自分の猫の面倒を見てもらうのは失礼極まりないとは思ったが、ほかに選択肢はないと、その方へ心尽くしの手紙を書いてお願いすることにした。ピキの面倒を見てくれたのは、パリ在住歴の長い日本人女性だった。後日談として彼女が語ってくれたピキとの初対面の印象は、「とにかく汚かった」であった。彼女はピキをトリマーのところへすぐに連れて行って、きれいに洗ってくれた。メンバーはとてもよくピキを見てくれていたけれど、男所帯で土足のオフィスに転げ回っていたピキが、白黒猫から茶黒猫になるのも無理はなかった。安心できる環境に移って、落ち着きを取り戻したピキの長いひとりぼっちパリ生活が、ようやく終わろうとしていた。

２００７年4月、徐々に術後の体が回復してきた私は再びパリへ戻り、預けていたピキを引き取って、バニョレ市のＭＡＣのアトリエに戻った。この前年、本帰国のつもりでナシオンのアパルトマンを引き払い、日本へ荷物を送った私だったが、ピキの残留、加えてフランスに関する新しい仕事が次々と舞い込み、パリとの関係は終わるどころか新しい形となって深まっていったのもこの時期だった。この年の6月、編集長としてフランス文化情報の発信に特化したフリーペーパー《BONZOUR JAPON》を創刊し、1ヵ月おきにパリと東京を行ったり来たりする生活が始まった。２０１７年に休刊するまで、私は10年に及ぶフランス全土への取材を続けた。

取材の傍ら、今度こそ狂犬病予防ワクチンの抗体価を判断するための、１８０日の待機期間を消化したピキを日本に帰してやれる……と、フランスでの手続きを再開した。ザキン先生に日本側の書類に記入してもらい、間違いがないように成田動物検疫所へＦＡＸを流して添削、直してまた提出……を幾度となく繰り返した。ようやくすべての書類にＯＫが出たのは、帰国まであと10日もない頃だった。防疫官とのこれまでの長いやりとりの中で、書類の不備がなければフランス側の動物検疫局に当たる〝セルヴィス・ヴェテリネール〟のエンドースメントは必要がないということも聞いていたので、私は心底ほっとしていた。ところが、帰国4日前の最終確認で防疫官から「エンドースメントは必須ですよ」という言葉を投げられ、またもや愕然とした。どうして人によって言うことが違うのか。いい加減にして欲しい！　とそのときばかりはさすがに切れたものの、ここまでこぎつけた努力が無駄になっては元も子もない。書類をひったくり、パリ市内にあるセルヴィス・ヴェテリネールへ向かったのは、帰国の3日前だった。息を切らしてたどり着いた建物に入っていくと……ない。あるはずの施設が保育園になっているではないか。そこらへんにいた関係者のムッシュを捕まえて「セルヴィス・ヴェテリネールはどこ!?」と必死の思いで尋ねると「数ヵ月前に移転したと思うよ。移転先がどこかはわからないけど」とのことだった。その時点で時計は午後3時を回っていた。藁にもすがる思いでMACのアトリエに電話して、メンバーにセルヴィス・ヴェテリネールの新住所をネットで調べてもらうと、19区に移転していることがわかった。「明日は祝日でやってないと思うから、今すぐ行ったほうがいい」とメンバーは言った。そうなのだ。運悪く翌日は祝日で、すべての公的機関が動かなくなるため、まさしくこれがラストチャンスだった。再びメトロに乗って、教えられた住所へたどり着くと、あった……！　人気のない閑散とした建物に入ってはみたけれど、オフィスがどこにあるのかさっぱりわからない。フランスのあらゆる場所に言えることだが、日本のように親切な表示や看板はほとんどない。焦って右往左往しているところに、若い黒人のムッシュがやってきて「何かお困りですか?」と親切に声をかけてくれたので、オフィスの場所を尋ねると、彼はわざわざ私を連れて行ってくれた。そして去り際に「このあと、一緒にお茶をどう?」。ごめんなさい……今、ナンパされている場合じゃないんです！　丁重にお断りして事務所へ駆け込むと、秘書のマダムに半泣きで「こ、ここにエンドースメントを……お願いですから、押してください！」とやぶからぼうに書類を突き出した。しどろもどろの私を見たマダムは笑いを堪えながら「あなたは運がいいわね。防疫官との面接は予約を取らないとダメなんだけど、今日はたまたまいるから、たぶん押してくれると思うわ。ちょっと待っててね」そう言って、書類を持って奥の部屋へ消えていった。そのとき知ったのだが、通常エンドースメントを押してもらう場合、防疫官の面接予約を事前に取る、もしくは郵送で書類のやりとりをするのが一般的だったのだ。事前の調べが甘かったことに後悔しつつも、ひとまずたどり着けた安堵感で膝ががくがく震えた。しばらくして秘書に伴われ、防疫官のいる部屋へ通された私は、恰幅《かっぷく》のいい女性防疫官を見るなり、その場でわっと泣き出してしまった。ここまで来るのにどれだけ苦労したかを子どものようにぺらぺらと話し、「猫と離れたくなかった、絶対に……」と言葉を詰まらせた。防疫官は「日本の動物入国の厳しさは聞いていますから、さぞかし大変だったでしょうね。さあ、ここにエンドースメントを押したから、あなたも猫も、もう大丈夫」。ドン！　と、大きなゴム印が打ち鳴らされた。その瞬間を、この1年どれだけ夢見たことだろう。大げさではなく、このとき判を押してくれた防疫官が女神に見えた。淡いピンクのセーターを着ていたから、なおのこと彼女が優しい存在に感じられたのかもしれない。涙をぬぐいながらセルヴィス・ヴェテリネールを出たのは、閉館する午後5時の5分前だった。夕暮れの小道をメトロの駅に向かって、魂が抜けたようにゆっくりと歩き、電車に乗った。電車の中で、嬉しくて何度も何度もエンドースメントの押された書類を眺め、またためそめそと涙を流してピキの待つアトリエへ向かった。

こうして、私とピキの長く険しい帰国手続きは幕を閉じ、ゴミ箱からパリへと飛び、ヨーロッパ猫としてパスポートを取得したパリニャンヌのピキは、２００７年5月、再び生まれ故郷の日本へと飛び立つことになった。いつの間にか彼女は11歳、人間でいえば60歳の初老猫になっていた。

第3章

終と希望の住処

Le gîte de la
fin et de l'espoir

低迷と晩年

5年間のパリ生活を終えて帰国したピキは、同時に長い外猫生活にもピリオドを打った。彼女が日本を離れている間に、私は彼と共に隅田川のほとりのマンションへ引っ越していた。タワーマンションの23Fにある私たちの部屋では、さすがのピキも外遊びができなくなってしまった。それでもピキは、日当たりと風通しがよく、気が向けばベランダで土遊びもできるこの家がいたく気に入ったようだ。そして、年齢的にも若い頃のように、外へ行きたがるということもなくなっていた。パリ在住時に太ってニャジラ化後、帰国騒動の1年にわたる放浪生活で体重は2kg減り、ピキは元のスリムな姿に戻っていた。昔に比べればずいぶん行動は落ち着いてきていたが、11歳という年齢のわりには快活で病気もせず、元気にしていてくれるのが嬉しかった。ふたつの国をまたにかけて、数々の冒険を共にしてきた相棒との心のつながりは、この頃がいちばん美しい高みへ到達していたと、なつかしく思い出す。目が合っただけでゴロゴロとのどを鳴らす彼女のまなざしから、言葉にできない深い信頼を感じた。

人はなぜ、動物と暮らしたがるのか？　それは、日々、人間同士が言葉を介して交流し、深く理解し合う反面、ときにその言葉で傷つき誤解が生まれる疲労感を、言葉なしでコミュニケーションする動物の存在が癒してくれるからなのだと思う。大人になってから外国へ行き、他言語を学ぶことにより、言葉そのものについて考えた時間が教えてくれたのは、言葉とは便利なツールである一方、不完全な道具であるというもうひとつの側面だった。不思議なもので人の魅力というのは、実は言葉を介さない。その人のセンス、知性、志から発せられる魅力は、仕草や呼吸を通してトータルの印象になり、相手に伝わる。そこに言葉が加わることで「何か」がより明確に現れる。たとえるならば、言葉は人の内面を形にするため、ふちどりに使われる金の糸なのだ。

フランス語を学んだことにより、私が得た何よりの収穫は、母国語である日本語をより深く理解できたことに尽きる。それまでは、ネイティヴの感覚だけで使いこなしてきた日本語の素晴らしさ、難しさ、美しさを、外側から見ることができた。そして、自分の意思を伝えるために必要な言葉のセンスは、渡仏前よりもずっと磨かれたと感じる。繰り出してしまったあとの言葉を瞬時に反芻して、その拙《つたな》さに落ち込むことはままあるものの、気がつくスピードが上がったことで、言いたいことをここぞというタイミングに過不足なく出せるようになったのかもしれない。

そんな風に言葉について考えるきっかけをくれたのも、物言わぬ猫だった。もちろん「にゃー」

にも様々な「にゃー」があり、声の抑揚や顔の表情、全身で発する気配も含め、すべてが彼らの言語となる。言葉に頼らない存在を提示する猫は、言葉に頼りすぎて魅力的な仕草を欠きがちな人間に、「エレガントじゃないね」と鼻を鳴らす。フランスで、新しい言語を獲得するために、日常言語を奪われた私は、その足りない部分を補うために、一時期、猫にならざるを得なかった。それは、生まれて初めて言葉から解放された貴重な時間でもあった。人間という生き物のカテゴリーを越えて、意思を体で、目で、仕草で表現する術も同時に獲得したような気がする。

表向きは日本へ帰国した私だったが、相変わらずパリと東京を行ったり来たりしながら、音楽と言葉にまつわる様々な仕事をこなしていた。フリー稼業の不安定な収入については、今さら騒ぎ立てるようなことではなく、お金の心配はもはや生活の一部になっていたが、２００８年のリーマンショック以降、日本を含む世界の不況は決定的となり、海外との仕事で収入のほとんどを生み出していた我が家の家計は、いよいよ火の車となっていった。その頃、私は2度目の子宮の手術を受けることになる。子宮頸がんと同時に、大きな子宮筋腫も見つかっていたのだ。できている場所が膀胱のすぐ脇だったため、徐々に膀胱の機能に支障が出てきて開腹手術はまぬがれそうにもなかった。１週間から10日ほどの予定で都内の病院に入院し、執刀医は頸がんのときにもお世話になった先生にお願いした。

入院はやむを得ないことではあったが、体に引きずられて弱る自分の気持ちが、メスを入れた体の痛みよりも応えた。脊髄に常時麻酔のチューブを入れたまま、手術の数時間後には歩行訓練を始めてみたが、人間は一度体を開くと、こんなにも動けなくなるのか！　と驚くほどの衰退ぶり。点滴台に必死につかまって、ぶるぶると震えながら5ｍほどの距離を歩くのに5分も10分もかかるその様は、我ながら生まれたての子馬のようで笑ってしまった。はじめの数日間は、膀胱機能がなかなか回復せず、一度抜いた尿のカテーテルを戻したり、精神的にさほど弱いわけでもない私とて気が滅入ってしかたがなかった。ところが同じ婦人科病棟で、もっと深刻な病と闘う女性の姿もたくさん見て、自分の甘さに気づき、目が覚める思いがした。そこには生と死と、その境目の3つの空間が広がっていて、気持ちひとつでどこにでも行けてしまう危うさと、現世に留まろうとする力強さが渦巻いていた。体の中にあるエネルギーが枯渇して、何も欲しいと思わなくなっていた私は、突然、病室に備え付けてあったＴＶで料理番組を猛烈な勢いで見始め、退院したら食べたいものを書き出した。両国のうなぎ、モンブランのハンバーグ、ひょうたんのふぐちり……すると、それに引き上げられるようにして様々な欲望が蘇ってくるのを感じた。人間は、欲望によってこの世につなぎ止められているのだとしみじみ思う体験だった。

食い意地のおかげか、予定よりも2、3日早く退院することができた私だったが、家に戻っても相変わらず歩行速度が上がらず、ライブで舞台に上がることなど、もう二度とできないのではないかという不安に襲われた。交通事故で半身不随を言い渡されたときですら、こんな動揺はなかったのに、いったいどうしてしまったのか。若い頃の爆発的なエネルギーは永遠に去り、私はこのまま落ちていくのだ……と、思い込んでしまっていた。そんな気持ちに拍車をかけたのは、体が思うように動かず仕事が激減し、かつてない厳しい経済状態にさらされたことも手伝っていた。目に見えない波動は拡散するのか、プライベートの状況をおおっぴらにしなくても、気力が萎《な》えている人に仕事はやってこなくなる。そうして悪化した経済状態に、さらに気持ちが落ちていくという悪循環へはまり込む。今振り返ってみると、それでも《BONZOUR JAPON》の取材のために、退院数ヵ月後にはパリへ飛んでいたし、傍から見れば充分アクティヴに活動しているように見えたかもしれないが、これまでの人生の中で、こんなにも低迷を感じたのは初めてのことだった。ネガティヴな発想ばかりが先行し、切れ味の悪い、らしくない自分に腹が立つのだが、どうしても打破するきっかけを作ることができずにもがいていた矢先、ピキが突然、吐血した。

数日前から妙に吐くな……と思ってはいたけれど、猫が毛玉を吐くのはわりと日常茶飯事だし、なんだか回数が増えたな、くらいにしか気に留めていなかった。トマトジュースのように真っ赤な吐瀉物を丸く点々と吐いたのを見て真っ青になり、急いでこの界隈の動物病院を検索してみると、都内に数軒しかない猫専門の動物病院のひとつが近所にあったので、一旦ここと決めてピキを連れ、駆け込んだ。閑散とした待合室に一瞬不安を感じたが、これまでにも病院の外面とは関係なくベテランのいい獣医さんに診てもらった経験があったので、ひとまず気持ちを落ち着けて呼ばれるのを待った。丁寧で優しい受付の女性に診察室へ通されると、もっさりとした印象の先生が待っていて、ピキが吐血したこと、ここしばらく吐き続けていたことなどを伝えると、先生はピキの体を触診し、「とりあえず血液検査と、胃とその周辺のレントゲンを撮ってみましょう」と言った。血液検査の結果は翌日出るというので、この日は吐き気止めとビタミン注射をしてもらい、ピキを抱きかかえるようにして連れて帰った。こんなとき、患者の家族というものは、医学のプロであるお医者さんを藁にもすがる気持ちで訪ねるわけだが、この日の私もまさにそんな心境だった。病気に限らず、心が不安定なときというのは様々な点で物事を信じやすくするし、判断が甘くなるが、飛び込んだこの病院がいいとはどうしても思えなかった。ピキがレントゲン室へ連れて行かれる間、診察室をそれとなく見回してみたが、機材が古い、薬が無造作に散乱していて清潔感がないなど、心もとない気持ちにさせる要因がたくさん見て取れた。それでも一応猫の専門病院を謳《うた》っているのだし、本当にたいしたことではないかもしれないから、ひとまず様子を見てみようと考え直した。吐き気止めが効いたのか、ピキは落ち着きを取り戻していた。それでも、元気なのが当たり前だと思っていた子が、こうして病気になるだけで、あっという間に弱く不安定になることが情けなく、また自分自身の激しい心の動きにも驚いた。

翌日、血液検査の結果を聞きに再び病院を訪れると、老齢猫にはよくある肝機能の低下が見られるとのこと。他の数値は取り立てて悪くもなく、総合的な先生の所見としては、肝機能が低下したため、隣接する胃袋にも何か影響が出ているのではないか？　というものだった。その翌日の明け方、それまで落ち着きを見せていたピキの「けっ、けっ」と苦しそうに吐く音が聞こえて、慌てて飛び起きた。吐血が再開してしまったのだ。心にどっと不安な気持ちが押し寄せて、泣きながらピキを抱きかかえて介抱しようとするが、ピキは部屋の隅っこで丸くなり、手負いの野生動物へと還ってしまう。そこには、人間の私には介入できない自然の掟があり、手を固く組み合わせて祈るしか術がなかった。普段は無神論者のくせに都合がいいなと思いながらも、存在のあやふやな神様に祈るほど、私は参っていた。ピキが眠り始めたのを見て、私もうとうと浅い眠りに落ちていった。

目が覚めると、異様な血の匂いに気がついた。ピキが自由に行き来できるよう開け放した寝室のドアの向こう、リビング一面が無数の真っ赤な水玉模様に染められていた。まるで陰惨な現代アートのような光景を前にして、膝の震えが止まらない。薄暗い仕事部屋のベッドの下で静かにうずくまるピキを確認してから、リビングに戻り、水玉の数を数える。1、2、3……40！　すぐさまピキをキャリーバッグに入れ、車を飛ばして病院へ駆けつけ、6時間足らずの間に40回も吐血したことを伝えると、先生はレントゲン写真を引っ張り出してきて、こう言った。「便秘です」。は!?　なぜ便秘で吐血するのだ。医学のことなどひとつもわからない私だって、食道、胃、腸など様々な器官の病気を想像できるというのに。先生の指差した場所に写っているのは、どこまでが臓器なのかさえわからない不鮮明なレントゲン写真で、いくら「ここに便が連なってますね」などと言われても、これ以上信じることなどできるわけがなかった。しまった……病院を選び損ねた。明らかに脱水症状を起こしているピキに水分補給の点滴を打ってはくれたが、新しい薬も処方されず、治療方針も説明がないまま私たちは帰されてしまった。泣きながら家に戻り、最初に病院を検索したとき、すでに候補に上がっていたもうひとつの病院へ電話した。

電話口に出たのは優しい声色の獣医さんで、これまでの顚末を説明すると、静かに明日の来院を勧めてくれた。「大丈夫です。お話を聞く限り、おそらく胃になんらかの問題があるとは思いますが、今すぐ死んでしまうという状況ではありませんから安心してください」。その先生の言葉に救われて、安堵感から腰が抜けてしまいそうだった。もう、とても仕事ができる心境ではなかったが、私の現実時間も普段と変わりなく流れていく。仕事部屋を暖かくしてピキを寝かせ、10分おきに撫でたり、様子を見た。心は完膚なきまでにひしゃげて、猫を飼っている友達にそっと苦しい胸のうちをメールしたりした。

リビングに広がっていた無数の赤い水玉模様は、とっくに拭き取って跡形もないのに、ずっと血の匂いが漂っている。夜が窓から入り込み、部屋に濃い影を落としていた。真紅の血液と闇が混じり合って酸化し、漆黒の帯になってあたりを埋め尽くした。

2010年、2月初旬。雪がよく降る、寒い冬だった。

旅立ち

昨日、電話をした日本橋動物病院に、朝一番でピキを連れて行った。動物病院を、見た目や雰囲気だけで判断する気はないが、明らかにここが昨日までの病院とは雲泥の差だということがすぐにわかった。診察室で出迎えてくれたのは、今日からピキの主治医となる園田先生だった。まず、レントゲン撮影と血液検査のやり直し（血液検査はすでにしていたが、調べるべき数値が調べられていなかった）をしたところ、あっという間に検査結果が出た。それから丁寧にピキを触診し「便秘ではないですよ」と、先生はきっぱりおっしゃった。再撮影したレントゲン写真を見ても、前の病院で言われたような便の影はない。

ピキを育てながら、日本とフランスの動物病院に数軒通ったが、獣医という職業は病気を治すだけでなく、飼い主の心のケアも含めて、高い人間力を必要とする仕事だ。高価な医療機器をそろえた最新鋭の〝箱〟を持っているだけでは、足りない。やはり、その箱の中に入れる、目に見えない部分が要となるように思う。ただ、医療は日々進歩していて、それを使いこなす最新鋭の技術や知識も必要となるわけだから、常に学んでいく姿勢が必要なのだろう。前の病院の先生も、それなりの志もあるのだろうが、勉強している姿勢は残念ながら感じられなかった。

園田先生の下で再度受けた血液検査の結果、赤血球の数値が上がっていたが、その他の数値は正常値で、頭をよぎった最悪の結果はひとまず回避された。ただ、血液検査のみで判断はできないので、しばらく点滴と投薬を続け、ピキの体力の回復を最優先にした治療を行うことになった。ピキは診察台の上で、ときおり嫌がるような素ぶりは見せるものの、点滴の針を刺すときも微動だにせず「おとなしいですね」とお褒めの言葉を頂いた。本当は針が刺さったことなどわからないほど怖いのだろう。私は「ごめんよ」と、心の中で何度も呟いた。

病気になってからというもの、ピキは普段しない不思議な行動を取るようになった。寝室の窓際に佇み、眼下を流れる隅田川をじっと見ていたかと思うと、今度は「ベランダに出して」と訴える。ベランダには植物用の置き水がバケツに入っていて、それを無心にバシャバシャとかくのである。おなかの白い毛のところがびしょびしょになるのでタオルで拭いてやると、また寝室の窓辺に上がり、隅田川を一心に眺める……を繰り返す。「ピキは病気になったことで、野生の本能が蘇ってきて、隅田川の魚を獲っているような気持ちになるんじゃないか?」というのが、同居している彼の見解だった。そんな姿を見るだけで、不安な気持ちが込み上げるのをぐっと堪えて、仕事をこなしながら連日の病院通いが続いた。ふさふさの毛に被われているから、さほど痩せた印象はないものの、5kgあった体重は3・7kgまで落ちていた。抱き上げると涙が出るほど軽くなってしまったが、栄養価の高いやわらかなテリーヌ状のごはんをあげ始めると、ひさしぶりに食欲を見せてくれて、私の顔にも笑みが溢れた。

自分のことなど二の次だったが、3年前に受けた子宮頸がんの円錐切除手術の、その後の再発を調べる検査を受けたのもこの頃だった。無事異常なしの結果でほっとしたが、むしろその翌年に受けた、子宮筋腫摘出の際に切開した傷口の経過が芳しくなく、ステロイド剤を直接傷口に注射で打ち込む治療を受けることになった。これが大の大人も思わず声を上げるほどの痛い治療なのだが、武士のごとく口を一文字に結んでがまんできたのは、おそらくピキが毎日注射されているのを見ていたからだと思う。子宮頸がんからは3年、子宮筋腫手術からは1年半が経過していたが、手術前にみなぎっていた気力と体力が100%戻ってきた感覚は未だなく、数々のライブをこなしてみても、以前のような手応えを感じられないもがきの時期でもあった。社会経済は見る間に失墜し、ミュージシャンを含むエンターテインメント業のギャランティも最盛期の半分以下に落ち込んでいた。我が家の家計は、火の車どころか天明の大火になりつつあった。万単位の治療費がしょっちゅう出ていき、慌てて動物の医療保険に加入しようとするも、もう13歳になっていたピキは、加入対象外年齢で入れなかったのだ。今では現実的な金額のペット保険が充実しているが、ピキが生まれた90年代後期は今ほど整備されておらず、加入もままならなかった。しかし、お金がないからといって苦しむ愛猫に出し惜しみすることなどできるはずもなく、節約に節約を重ねて治療費を捻出しても焼け石に水の状態で、借金は日々どんどん膨らんでいった。「おまえが元気になるのなら、1万円札なんかいくらでも紙ひこうきにして飛ばしてあげるよ」そう言って、私は痩せた娘を抱き締めた。

この経験は、のちに新しい保護猫たちを引き取る際、私の必須考慮科目になる。動物の医療保険の選択肢が、ある意味充実しすぎて、今度は選ぶのが難しくなった現在。一見、保険料が安くて続けやすそうに謳っているものも、約款《やっかん》（契約の内容が書かれた文章）に細かく目を通していくと、ひとつの疾病に対して3回までの通院しか補償されていなかったり、年間の合計補償額が低いものもある。私の必須加入条件は《一疾病に対して通院の回数上限がないこと》《年間の合計補償額がある程度高いもの》このふたつだ。補償額のパーセンテージも、支払い治療費に対して50、70％と二段階で設けている保険も多いが、迷わず70％補償を選ぶ。特に初めて仔猫を迎える飼い主さんは、元気に飛び跳ねる様子から、将来の病気を想像するのは難しいのではないかと思う。それゆえ、適当な安い保険に入れてしまいがちだけれど、幼少期に悪性リンパ腫や、FIP（猫伝染性腹膜炎）などの怖い病気を突然発症することだってある。そして、一度発症してしまえば、たった3回の通院補償など、なんの助けにもならないことを痛切に感じるだろう。高い、安いといっても月1000円くらいの差なら、がっちり補償されているものをお勧めしたい。愛猫が病気になったとき、お金の心配をすることなく、治療やケアに専念できると思うから。

ピキの病状はしばらく小康状態を保っていたが、2月の半ばに吐血が再開した。急いで園田先生のところへ駆け込むも、レントゲン写真をもう一度、注意深く見ながら先生が言った。「もう体力が回復するまで待てませんね。まずは、体全体の病原を突き止めるためにもCTスキャンをしましょう」。幸い、動物検診センターが家の近所にあり、運よく翌日の予約が取れた。全身麻酔の検査となるそうだ。動物診療センター〝キャミックひがし東京〟へ、予約した時間にピキを連れて行き、獣医さんに今までの病気の経過とピキの様子を細かく伝えた。ピキはCT室に連れて行かれ、検査の準備が始まった。「2時間ほどで終わりますが、麻酔がどのくらいで切れるかは猫によって違いますので、一度お帰りください。電話でお迎えの時間をお知らせします」と告げられて、一旦家に戻って少しでも仕事を進めようとしたが、手につくはずもなかった。夕方、予定よりも早い時間に連絡が来て、すぐさま車で迎えに行った。診察室で待機していると、先生が現れ「とても麻酔の覚めがよかったですよ」と笑顔を見せた。そして、撮りたてのＣＴスキャン画像を見ながら説明を受けた。懸念していた胃がんの腫瘍は見当たらず、他の臓器にも取り立てて異変は見られなかった。よかった……！　思わず涙がこぼれた。しかし疑問は残る。あんなに血を吐くなんて、何も問題がないはずはない。すると先生が「胃がんには、稀にＣＴでは写らない胃壁に薄く張り付いて広がるような形のものもあります。それは、内視鏡検査でないとはっきりはわかりません。引き続き、主治医の判断を仰いでください」とおっしゃった。ショックだったが、ＣＴ検査を無事に終えたピキが元気すぎるくらい騒いでいるのを見て、この子ならどんな病気も乗り越えられるんじゃないかと思えてくるのだった。帰りの車中で、いつものように60年代の古いジャズをかけた。意外と気の小さいピキが、車の騒音でストレスを感じないように。ミュージシャンの母を持つピキは、幼い頃からたくさんの音楽を聴いて育った音楽好きの猫でもあった。彼女の好きなジャンルは、ジャズとボサノヴァで、母が大好きな現代音楽のミニマル・ミュージックをかけると、プイとどこかへ行ってしまう。車での通院が始まってから、車中で聴いている曲＝病院通い、というイメージが定着してしまい、私はほかでこれらの曲を聴くことができなくなってしまったけれど。

翌日、CT画像のCD-Rを持って再び日本橋動物病院を訪ねると、キャミックの獣医師から園田先生のもとへ、すでにメールで詳細な検査結果が送られていた。持参したCT画像を丁寧に見たあと、「これといった病原は見つかりませんでしたね」と、先生は明るい表情だった。ただ、キャミックの先生も話していた通り、内視鏡での細胞診（病片と思われる部分を少し切り取って検査をすること）をやってみない限り、正確な病原は突き止められないそうだ。園田先生の今のところの見解は、がんによる出血なのだとしたら、この程度の治療で出血がおさまるとは考えにくい、というものだった。ひどい胃潰瘍なのか、それとも年齢からくる内臓のガタなのか。ほかの臓器が原因ではないことがCTではっきりしたので、今度こそピキの体重が増えて体力が回復したときに、内視鏡検査をやりましょうという治療方針が決まった。

まっすぐ家に帰って、ベッドで丸くなって眠るピキをしみじみと眺めた。さすがに歳を取って若い頃よりも艶は失われたが、ピキの体にはふさふさの毛が生えていて、子どもの頃から変わらずに愛らしいままだ。「いつの間にかこっそり歳を取ってたなんて、ぜんぜん知らなかったよ」と、嘯《うそぶ》いてみる。いや、ピキがもう老齢に達していたことなど、充分わかっていた。でも、心のどこかで自分の猫だけは死なないと思っていた。すっとぼけて口笛を吹いていたら、神様がピキの寿命を設定し損ねて、あわよくば私と同じ棺おけに入ってくれるだろうと、本気で信じていた。だって、彼女の死を想像しただけで、恐ろしくてしかたがなかったから。たとえ今回の危機を乗り越えたとしても、どんなに長生きしたとしても、この子は私より先に召されるのだ。そんな当たり前のことに背を向けたままピキと暮らし始めて、まもなく14年が経とうとしていた。

3月3日のひな祭りの夜、しばらく安定していたピキが再び吐いた。血の海のような大きな吐血だ。朝を待って病院へ駆け込み、デジタルカメラに撮っておいた吐瀉物を、先生に見せる。「明日の午後、内視鏡の検査予約を一応入れておきましょう。ただ、ピキちゃんに負担がかかることは事実ですので、今夜の様子を見て決める暫定的な予約と考えておきましょう」ということになった。しかし、午後には再び大吐血してしまい、内視鏡検査の延期はもうできない状況だった。ここしばらく、何があっても落ちまいと張り詰めていた心の糸がぷつりと切れてどん底に落ちたが、私がぐらついては何も始まらないと、すぐに気持ちを立て直して仕事を始めた。ピキの発病以来、パリの友達が他愛もない明るい電話やメールで、ずいぶんと笑わせてくれたり、この本の旧版装幀を手がけてくれた真舘嘉浩さんが、ピキの回復祈願のポスターを作ってくれたり、本当にたくさんの友人たちが折れそうな心を支えてくれて、深い感謝の気持ちに包まれた。この10年、ほぼ毎日ブログに書いていた日記も、現状が辛すぎて筆が止まりかけていた。感情の海でピキとふたり、難破船に乗って彷徨《さまよ》っているような気持ちだった。そんな嵐の中で言葉を紡いでしまったら、それが大きな刀となって、船の底に穴を開けてしまうような気がしていた。「しっかりしがみついていて。ママは絶対にオールを離したりはしない」。当時の日記には、そう書かれている。

それから2週間ほど、ピキは明らかに回復へ向かっているかのような命の輝きを見せていた。予定していた内視鏡検査も一旦、先送りになった。私は、あるミュージシャンへの楽曲提供コンペティションのために、連日、友人のスタジオへ出向いて、夜遅くまでトラック作りに励んでいた。ピキのことは心配だったが、家計のことを考えれば、これ以上、仕事を減らすわけにもいかなかった。

3月20日の深夜のことだった。前日は徹夜となってしまい、これ以上ないほど疲れきって帰宅した私は、「にゃー」とすり寄るピキを抱きかかえ、薬を飲ませたあと、すぐさまノートパソコンを開いて再び仕事に取りかかった。スカイプを通じて、フランスからの連絡を受けていたとき、仕事部屋の片隅で丸くなっていたピキが「きゃあああ!!」という赤ちゃんの悲鳴に似た甲高い声で、突然絶叫した。聞いたことがない凄まじいその声に驚いて、相手のフランス人に早口で事情を説明し、スカイプを切らせてもらった。振り返ってピキを見ると、すぐ異変に気がついた。下半身から力が抜け、前脚だけで地面を這ってこちらへ必死に来ようとしている。……!! 何が起こっているのかさっぱりわからぬまま、受話器をひっつかみ、キャミックひがし東京へ電話をかけた。ここは動物検診センターに加えて、夜間の救急外来も受け付けていた。「どうしました?」と電話口に出た獣医さんに、たった今起こったことを努めて冷静に伝えると、先生は「事情を説明している時間はありません。落ち着いて聞いてください。こちらにいらしてから詳しく説明しますが、あなたの猫は今、命の瀬戸際にいます。1分でも早く連れて来られるかで、助かるかどうかが決まる。何分で来られますか?」と言った。震える声で「15分、いえ、10分で行きます!」そう答えて電話を切ったあと、キャリーバッグにピキを入れ、地下の駐車場に向かって走り出した。運悪く、彼は5日前からパリへ出張して日本におらず、頼れるのは自分だけだった。23Fから地下の立体駐車場へ下りるエレベーターの速度が、こんなにも遅く感じたことはなかった。「早く……お願いだから、早く!」。地下階に着き、急いで自分の車を呼び出すボタンを押したが、車を載せたパレットがのろのろと動く様を見て発狂しそうになった。やっと目の前に自分の車が現れたが、焦りすぎて安全ケージが上がりきる前に場内へ入ってしまったため、緊急停止して動かなくなった。「あああああ!!」と言葉にならない私の悲鳴があたりにこだました。ひとつ深呼吸して、ケージを上げて車のエンジンをかけると、猛烈な勢いで走り出した。キャミックまでは、飛ばせば10分で着けるはずだった。電話を切ってから駐車場までのタイムロスが何分あったのか？ と頭の片隅で考えながら、信号が運よく青でいてくれることをひたすら祈っていた。キャミックに到着すると、入り口で女性の先生が待ち構えていて、キャリーバッグをひったくりながら「説明はあとです！ 待合室で待機していてください」そう言って、ピキと共に診察室へ走り込んでいった。数日前に降った雪が道路の路肩にまだ残る、真冬のように寒い深夜だったが、私は全身にびっしょりと汗をかいて、しばらく呆然とその場に立ち尽くしていた。

20分ほど経った頃だろうか。先生に呼ばれて診察室へ入ると、「ひとまず、命はつなげたと思いますが、まだわかりません。私たちも全力を尽くしますが、ここ2時間ほどが勝負だと思います。あなたの猫は、心臓から下腹部に向かって走る大動脈の、両脚の分岐点に血栓が詰まったために、ああなったの。一度起きると、いつ新たな血栓がほかの血管を詰まらせて死んでしまうかわからない危険な状態になります。今、血栓を溶解する薬を点滴していますが、年齢を考えると元の体に戻れる確率はとても低い。つまり、命はつなげたとしても、病院から退院することは難しいかもしれません」。先生は、言葉をひとつひとつ選びながらそう言った。事実上の、死の宣告だった。わずかに残っていた力が全身からすうっと消えていくのを感じながら、この辛い宣告をきちんと飼い主に伝えた先生を、心底立派だと思った。私は再び待合室に戻り、こぶしを握り締めて泣いた。あとはピキの生命力に賭けるしかなかった。時計は夜中の3時を回っていて、非常識な時間だと知りつつも、彼の会社の社員に電話をかけて、至急パリにいる彼にピキの危篤を知らせて欲しいと頼んだ。別の診察室から、ジャージを着た若いヤンキー風の姉妹らしきふたりが飼い猫を抱えて出てきて、私の隣に座った。涙を放置したまま呆然とする私を見て、「あの人の猫、やばくね？　かわいそうだね」とふたりでこそこそ話しているのが聞こえた。ヤンキー口調の姉妹の存在は、妙な現実味を醸し出していて、私を一瞬、正気に戻してくれた。サンダル履きの、どこから見てもただのヤンキーなのだけれど、こんな深夜にちゃんと猫を連れて来るあたり、いい子たちなのだなと心が少し温かくなった。

2時間ほど経った頃、再び先生が私を診察室へ手招きした。「助かりましたよ。予想していた以上に、この子はがんばりました」。私の姿を見たピキは、にゃーと鳴きながらふらふらしつつも、自力でこちらへ歩いて来ようとしていた。ぐにゃぐにゃで力が入らなかった数時間前の下半身は、やっとのことではあるが復活していて、先生の言葉通りだった。「点滴を止めることはできませんから、一度お宅へ戻って待機してください。朝一番にかかりつけの病院へ搬送できるよう入院の準備をして、あなたも少し休んでね」そう告げられ、再び車に乗り込んだ。外はいつの間にか、街路樹がしなるほどの強風が吹き荒れていた。怪しげな色をした春雷が閃《ひらめ》く、激しい嵐の夜だった。それはまるで、ピキの体の中で吹き荒れる命の激動を思わせた。半日、何も食べていないことに気がついて、キャミックの向かいにあるコンビニエンスストアでおにぎりとお茶を買い、家に戻るとピキの気配が消えた真っ暗なリビングで、風の怒号を聞きながらおにぎりを食べた。「おにぎりってこんなにまずかったっけ？」。誰もいない部屋で、独り言を呟いた。すると、どこからともなくピキの「にゃー」という鳴き声が確かに聞こえた。あゝ……もうピキの魂は自由に出歩き始めているのだな。そう、ぼんやりと思った。

一睡もできぬまま、日本橋動物病院の開院時間を待ち、ピキを引き取りにキャミックへ戻った。ピキは予想以上に元気な様子で、もしかしたらこのまま復活するのではないかと淡い期待を持ってしまいそうになる。しかし、すでにキャミックから昨夜のデータを受け取っていた園田先生は、静かにこう告げた。「残念ですが、おそらく今夜が山かと思います。今日は一日点滴を続けますので、また夕方にいらしてください」。家に戻って丸2日眠っていなかった私は、ソファで気を失った。午後の開院時間を待って再び病院へ駆けつけると、朝はあんなに元気だったピキが、数時間で10も歳を取ってしまったかのように変わり果てていた。

目は光を失い、自力で頭を上げることができなくなっていたが、私に気がつくと、それでも一生懸命「ママ」と小さな声を上げ、必死に立ち上がろうとした。「おそらく持っても明日一日でしょう。自宅に連れて帰れなくもないですが、その場合、点滴をやめた深夜に再び血栓が起きて、ピキちゃんが苦しい思いをすることも考えられます。このまま、病院で点滴を続けることもできますが、いかがされますか?」。もちろん最期は、ピキの慣れ親しんだこの腕の中で逝かせてあげたかった。最初の血栓が起きたあの夜の、ピキの凄まじい悲鳴が、私の鼓膜に張り付いていた。もうこれ以上、ピキに苦しい思いをさせることは、私にはどうしてもできなくて「このまま、病院に預けます」と、先生の申し出に答えていた。胸が押し潰される、苦渋の決断だった。彼は、病院の閉まる夜8時ぎりぎりに出張先のパリから到着する予定だったので、ピキをかわいがってくれた会社の社員と一緒に、もうひとつの診察室で待たせてもらうことにした。今夜を乗り越えて、明日の朝、また会える。きっと会える。そう思っても、目の前にいるピキの様子から、彼の面会を明日に延ばすのは難しいと感じていた。「ピキ、一緒にパリに行けて楽しかったよね。おいしいごはんもいっぱい食べたし、狩りもたくさんしたよね。ママ、本当に幸せだったよ」そう話しかけながら、涙が止めどなく溢れた。最後にピキをぎゅっと抱き締め「永遠に愛してるよ」

と耳元で呟いて、腕を解いた。それが私とピキの、この世で最後の抱擁だった。閉院時間から少し遅れて駆け込んできた彼に「ピキに会ってきて」と言うと、私は病院の外に停めておいた車の中で泣き崩れた。もう一度、彼女の顔を見ることもできたが、再び中へ戻れば、自分のエゴだけでピキを連れて帰ってしまうことがわかっていた。

翌日の朝、２０１０年3月22日、朝7時50分。徹夜で診てくださった園田先生に見守られながら、ピキはひとり旅立っていった。最後にピキは、自力で立ち上がってあたりを見回し、それから静かに座って、眠るように逝ったという。遠く海を越えて冒険を共にした相棒の私を、彼女は最後に探していたのだろう。

享年13歳11ヵ月。パリへ渡った一匹の猫の、美しい命の幕が下りた。

通過儀礼

ピキの亡骸《なきがら》を引き取り、喪に服した数日間は途切れ途切れの記憶しかない。22日の朝、園田先生から連絡を受けたのは、開院時間に合わせて病院へ駆けつけるため、彼と出かける準備をしていた矢先だった。やはり、間に合わなかった……。対面した彼女の体は、まだ仄温かかったが、どんなに弱っても昨日までのピキにはあった、魂の発する波動はどこを探しても見つからず、無機質な剝製を思わせた。家に戻ってすぐさま始めなければならなかったのは、火葬のための動物の葬儀社探しだった。最終的に人づてで紹介された品川のお寺を選んだのは、とても探す気力など残っていなかったからだ。死に直面した自分が、ここまで無気力になるなんて……。こんなとなら、自分の意向に沿った葬儀社を探しておけばよかったと悔やんだが、生きている間に彼女の死を想像する勇気は、当時の私にはなかった。彼は、ピキの遺体をおなかに乗せたまま生前と同じように話しかけ、そのまま一緒に眠ってしまった。けれど、その光景が温かければ温かいほど、哀しみはよりいっそう深くなった。

寝室のベッドの近いところに仮の祭壇を作り、ピキの好きだったおもちゃや思い出の品と共に寝かせた。それから、生前ピキをかわいがってくれた数人の友人に、ささやかなお通夜を営むので来て欲しいという内容のメールを出し、翌日の夜、ピキを仕事部屋の小さなベッドに安置して、手作りのお通夜を営んだ。忙しいにもかかわらず人間のお通夜同様、きちんと身支度を整えた友達が、お花やおもちゃを携えてやってきてくれて、中にはお香典まで包んでくださる方もいた。70年代のイギリスの歌手、ヴァシュティ・バニヤンの厳かで優しい音楽が流れる中、参列者の花々で飾られたピキは、たくさんの、本当にたくさんの涙で見送られた。友達は、自分の大切な人が死んでしまったかのように、みな心から泣いてくれた。こんなに幸せな猫はいない。彼らの心のこもった温かい見送りに、私は感謝の言葉も見つからなかった。

参列者が帰った深夜、ピキの傍らに寄り添い、ふたりきりで思い出話に花が咲いた。涙は枯れるどころかますます溢れ、明日には荼毘《だび》にふさなければならないこの亡骸から、どう愛着を切り離せばいいのか見当もつかず、残された我が身がバラバラになるような気持ちがした。血栓の点滴のせいなのか死後硬直がまったくなく、いつまでもしなやかなピキの体は、ただ冷たいだけの命あるものと私に勘違いさせるのに充分すぎて、心が遺体から離れずもがき苦しんだ。目の前にあるのは抜け殻でしかなく、ピキの魂はもうここには居ないとわかっていても。

お通夜の翌日。快晴の空の下、動物の葬儀も執り行っている品川のあるお寺で、ピキは荼毘にふされた。ついに、ピキの遺体を送り出す……というそのとき、火葬炉の前にしつらえられた小さな台に「ご遺体を置いてください」と言う係の人の事務的な声が、私にはひどく心ないように感じられ、怒りが込み上げて「焼くなら私も一緒に焼け！」と半狂乱になった。今、冷静に考えてみれば、これは辛い仕事に携わるその人なりの、経験を積んだやり方だったのだろう。彼にとりなされて、私はやっとピキの遺体を離した。殺風景な火葬場に嗚咽《おえつ》がこだまして、ピキの体は鉄の扉の向こう側へと消えていった。それが、これまでの人生で最も辛く、哀しい瞬間だったと言えば、信じてもらえるだろうか。人によっては「飼い猫に寿命がきて、死んだ」というどこにでもある話で、何故そこまで哀しむのか理解できないかもしれない。また別な人は、子どものいない人が動物に愛を投影しているのだと言うかもしれない。だが、そうではないのだ。彼らの存在は、人間の子どもに限りなく近いかもしれないが、それでもやはり別のもので、人間社会の疎ましさから離れた安らぎをくれる、代替えの利かない存在なのだ。言葉を介さない愛を一心に傾けてくれる彼らを亡くすことは、ほかのどの苦しみにもたとえようがない、特別な痛みがあるのだと私は思う。小さな体は、一緒に暮らした人間の愛で満たされている。その執着から、心を切り離すイニシエーションとしての火葬は、乱暴で力強い儀式だった。骨になったピキを見た瞬間、亡くなってから数日間ずっと感じ続けていた、暗く粘度の高い闇のようなものが、スッと晴れるのがわかった。遺骨と共に自宅へ戻り、その小さな欠片《かけら》を砕いて食べた。さあ、もうこれでいい。ピキはこの先、ずっと私と一緒だ。面倒な入国検査をしなくても、パリや世界中のあらゆる都市を一緒に旅することができる……そんな風に思った。そこから数日間の記憶は、ほとんどない。心にぽっかりと空いた穴を埋める術もなく、ピキの残像を追って昼も夜も目は宙を泳いでいた。ピキの生前の動きは生活の至るところに色濃く漂っていて、同じくらいの大きさのものが動いているような錯覚にとらわれた。言葉では言い表せない、苦しい時間だった。

それから数日後、仕事の大きなプレゼンテーションがあり、重い腰を上げて私は渋谷へ向かった。愛猫を失ったことなどおくびにも出さず仕事ができなければ、彼女の死に顔向けできないと気持ちを奮い立たせて。プレゼンは成功し、新しい仕事が決まった。ところが打ち合わせのあと、張り詰めていた心の糸がぷっつりと切れ、よく見知った街が歪んで見えて、右も左もわからなくなってしまった。打ち合わせ先のBunkamuraから渋谷駅までは歩いて10分もない距離なのに、歩けど歩けど駅にたどり着くことができないのだ。こんなことが起こるとは、自分でも信じられなかった。駅近くの呑み屋で待ち合わせをしていた友人に電話をかけて、助けを求めた。事情を知っていた友人は、「落ち着いて、深呼吸して。どんなに遅れてもいいから、ゆっくり来て」と言ってくれた。その声を聞いて安心した途端、街の歪みが消えて、私はまっすぐに歩き出した。これがピキを亡くしたあとの、社会復帰の第一歩だった。

それから数ヵ月間は、喪失感と絶望が波のように押し寄せて、日常の些細な行動もおっくうな日々が続いた。明らかに、世間でいわれているペットロスの状態だったのだと思う。ただ、心の病や動きに名前をつけることが嫌いな私は、自分のやり方でピキの死について考え、どう克服すればいいのかをひたすら模索していた。苦しみの元は、生前の彼女に対して、もっとこうすれば長く生きられたのではないか？　という悔恨から生まれているように思えた。食の管理から始まり、そもそもパリへ連れて行ったことは正しかったのか？　など、次から次へと後悔の材料は止めどなく浮かんでくる。苦渋の決断だったにせよ、彼女を看取れずひとりで逝かせてしまったことも尾を引いた。しかし、自分の人生に置き換えて考えてみればすぐわかるように、完璧な猫の一生もまた、どこにもないと気がつくのだ。できうる限りのピキの自由な生活を守ってやれたのはほかでもない私で、彼女の人生は豊潤なものだったと思える時間が、絶望の波の合間に少しずつ増えてきた。ピキのパリ生活をよく知る、フランス人の友達からのフランス語による慰めの言葉も、私の心に深く響いた。「Sa vie a été belle ―― サ・ヴィ・ア・エテ・ベル／彼女の人生は美しいものだった」。彼らは何度もそう、私に言ってくれた。人生の大きな節目や日常の些細な憂いに対して、一刀両断の「C'est la vie ―― セ・ラ・ヴィ」を持つフランス人は、哀しみを昇華する美しい言葉の懐刀《ふところがたな》をほかにもたくさん持っている。この場合のbelle＝美しい、には、ただきれいなだけでなく、人生のありとあらゆる喜びと豊かな体験という意味が織り込まれている。日本語とはまた別の、たおやかな響きを持った言葉で、繰り返し「Sa vie a été belle」と聞いているうちに、パリでの楽しかった日々が映画のように心に蘇り、ネガティヴな哀しみから、ピキを生かしてやれた喜びへと徐々に変わっていくのを感じた。そして少しずつ、この哀しみと涙は、生前の愛の大きさがそのまま移行したものなのだと思えるようになっていった。愛したぶんだけ哀しいのなら、涙の量はピキの生涯の意義そのものなのではないか？　そう考えられるようになったのは、ピキが逝って5ヵ月を過ぎた頃だった。

半身をもがれたまま、初めての秋がもう間もなく訪れようとしていた。

やわらかな再生

絶え間ない喪失感と、微かな幸福感の狭間《はざま》を行ったり来たりしていた2010年の初秋。私はかつてない仕事のスランプに陥っていた。子宮頸がんの手術前後から続いていた低迷期は、ピキの死により、さらに深みに達していた。体と心の停滞をこのまま放置していたら、確実に終わってしまう。パリへ渡ったときにも似た、激しい危機感を感じていたうえに、今回は現実的な家計の状況もあとがないほど逼迫していた。専門分野で営業をかけて仕事を増やす道もあったが、選んだのは、まったく関係のない一般のアルバイトだった。もう一度、猫沢エミという名前を捨てたところで、何ができるのかを自分に課したかった。フランス語を使った仕事や、得意分野での仕事もなくはなかったが、今の私に必要なのは手足を動かす労働だと思ったのだ。中国人の従業員しかいない街の小さなお弁当屋さんで、朝9時から午後2時まで週5日、働き始めた。そこでの私は、計算に弱く、機転の利かないひとりのアルバイターでしかなく、大陸からやってきた根性も体力もある同僚の中国人たちの働きぶりに、様々なことを教えられる日々だった。日本人の新しいアルバイターもときたま入ってきたが、過酷な仕事のため、保って1ヵ月程度で辞めていくのが常だった。「エミさん、あなた日本人じゃないみたいね。日本人、あなたみたいに根性ないよ」と、笑いながら同僚が、そう言ってくれた。汗まみれになって朝から5時間きっちり働いたあと、家にとんぼ帰りして、今度は原稿書きや専門分野のあらゆる仕事と、新しい仕事の種まきに打ち込んだ。なまっていた手足はしなやかに動き出し、甘えていた精神は若い頃のがむしゃらなエネルギーを蘇らせていった。睡眠時間は4時間取れればいいほうだったので、体も心も極限まで追い詰められたが、この疲労は、私の中にあるエンジンをもう一度動かすためにどうしても必要なものだった。そして、低迷している時期に、自分を見捨てずにどこまで信じてやれるのか知りたかった。自信とは、人に見せびらかすためにあるものではなく、誰も自分など見てくれないどん底の時期に、どれだけ自分を信じられるかを指すものだと私は思っていた。専門分野とはひとつも関係のないお弁当屋さんでのアルバイトだったが、激走する車のような本来の自分が、日に日に戻ってくる手応えを感じ始めていた。すると不思議なことに、どこへも営業などかけていなくとも、本業の仕事も少しずつ増え始め、忙しさはどんどん加速していった。そうして、アルバイトで取り戻した前向きな気持ちは、ここ数年、冬眠していた感性と、新しい創作のインスピレーションへも火をつけた。平日、作曲に使える時間はほとんどなかったので、米を研いでいるとき、ごはんを器に無心で盛っているとき、頭の中にある真っ白な楽譜に浮かんだフレーズを書いて記憶した。条件のそろった好環境でなければ作品など生み出せないのなら、持っている才能はそれまでだと思い切っていた。

自分を再生させながら、アルバイトと本業の両立を始めて半年後の2011年3月、東日本大震災が起きた。バイト先から家に戻ってみると、耐震マンションの23Fにある自宅は、いったいどんな揺れ方をしたのだ？　と、目を疑うような崩壊状態になっていた。福島の実家とは5日間、連絡が途絶え、思い出の詰まった東北沿岸の街が津波で消えたショックは、立ち直りかけていた心を無惨に打ち砕いた。実家の両親は無事に避難所へ逃げ、その後は家に戻れたものの、断水、物資不足、放射能問題が深刻だった。やっとつながった電話口で、たくましい母は「毎日バケツで何度も水を運ぶんだけど、お父さんがトイレばっかり行くもんだから大変！」と言って笑った。生きた心地がしない混乱の中、ピキの一周忌を迎えた。「まさか、おまえさんを亡くした1年後に、こんなことが起こるとは夢にも思っていなかったよ。でも、ママも日本もがんばってるよ」。たびたび起こる余震でピキの遺骨が破損しないように、谷中の一軒家に暮らす友人のところへしばらく預けることにした。そんな混乱期の4月、私の誕生日に母からダンボール箱が届いた。救援物資を送らなければならないのはこちらのほうなのに、箱の中に入っていたのは、そのとき集められるだけの食料や、東京でも不足していたトイレットペーパー。そして、「誕生日おめでとう！救援物資です。被災者より」と、スーパーのチラシの裏にでかでかと書かれたメッセージだった。逆境に強く、どんなときもユーモアを忘れない母からの最高のプレゼントだった。甚大な被害を被った東北の人たちの懸命な日々の営みと、母の明るい存在は再び私を立ち上がらせ、故郷を心配しながら渡った5月のパリで、2つの大きな復興支援活動に参加し、日本でも人気のあるフランス人アーティスト、TAHITI80やCamilleらと支援ライブをした。

新しい猫を迎える発想が浮かんだのは、大震災からしばらく経った、その年の夏の終わりだったと思う。ときおり友人や知り合いづてで、「猫を飼わないか？」という情報がやってきてはいたのだけれど、なんだかピンとこなくてお断りしていた。私はまだピキの残像を追いかけて、保護団体のサイトなどで白黒の猫ばかり眺めていた。そのたびに、「似た子はたくさんいるけれど、もう二度と、あんな風に心を深く通わせることはできないだろう」と思うばかりだった。ある日、ツイッターに上がっていた仔猫の里親募集情報で、とても気になる黒猫を見つけた。彼にすぐさま相談してみたけれど、ピキを失った痛手は彼にとっても深いもので「もう二度と猫は飼わない」

の一点張りだった。それから2、3日放置していたのだけれど、なぜかシャワーを浴びているとき「やっぱりあの子だ！」と、強烈な閃きが降りてきた。バスルームから飛び出して、体にタオルを巻いたまま、パソコンで問い合わせのメールを打ち込んでいる自分がいた。それからしばらくして、保護している方と直接連絡が取れたとき、以前仕事を共にしたミュージシャンの友達であることがわかって驚いた。猫に人の縁がついてくるときは、間違いがない。そう確信し、《advantage Lucy》というバンドのヴォーカリストのアイコちゃん宅へ、仔猫を引き取りに行った。私が日本コロムビアに在籍していた頃、東芝ＥＭＩ所属だった彼女との再会も10年ぶりだった。そうして迎え入れた二代目愛猫が、ピガピンジェリだった。風変わりなこの名前の由来は、ずっと温めている小説の登場人物から取ったもので、そのキャラクターと同じく飄々とエレガントな男になるように、という願いが込められている。「この子は、自分の世界がすごくあるみたいで、ちょっと変わってるの」という初代里親アイコちゃんの言葉通り、ピガはひとり遊びが上手で、自分の中で状況を設定したり創造して遊ぶ、見ていて飽きない面白い子だった。「もう猫は飼わない」とつっぱねていた彼も、ピガの顔を見た途端、無言のままスクッと抱きかかえて自室へ連れ込み、そのうえ鍵までかけて引きこもってしまった。「ちょっと！　出て来い！」という私の抗議もむなしく、ピガとの初夜は彼に奪われてしまった（笑）。

この頃、本業がほぼ復活して忙しさを増した私は、1年半にわたる再生期間を終え、お弁当屋さんのアルバイトを辞めた。睡眠不足と労働によってボロボロになった体をいたわる時間と併用して、ピガの幼児教育のために外出を極力避け、数ヵ月間たとえようもない幸せな時間を過ごした。猫というよりも仔熊に近い風貌の黒猫ピガは、どこへ行くにもちょこちょことついてきて、隙あらば、私のTシャツに潜り込んでおなかにしがみついていた。やんちゃではあったが、アイコちゃんと彼女のお宅で飼われていた2匹の先住猫――特に、代理母を務めてくれた心優しい盲目のメス猫・ハイジちゃんにきっちり教育を受けていたピガは、トイレも食事のマナーも完璧で、文句のつけようがない優良児だった。幼猫にとって、迎え入れてからの最初期の教育と環境がいかに大切か、ピガを見ていてあらためて考えさせられた。それに比べ、生ゴミと一緒に捨てられ、どんな環境下にいたのかを想像するのも怖かった幼少期のピキが不憫《ふびん》に思われた。そして、猫の母親としても、ひとりの人間としても幼かった当時の私は、もっと赤ちゃんピキとスキンシップをしっかり取るべきだったと思い知った。それでも、ピキの一生を見てきた私は、数々の経験を経て、ピガを幸せにしてあげられる術を知っていることが何より嬉しかった。忘れていた猫との素晴らしい暮らしが戻ってきた。いや、戻ったのではなく、新しく始まったのだ。ピガはピキの身代わりでは決してなかったし、私もピキの面影をピガに見ることはなかった。そして、ピキのときよりも増して、自分とは切り離された立派な一個人としてピガを尊重することを心がけた。ピキから教えてもらった大きな命の学びは、確実にピガへと受け渡されようとしていた。

もともとのキャラクターが味わい深い子だというのもあるが、ピガは予測できない突飛な行動や表情を時間ごとに見せてくれる最強のエンターテイナーだった。猫のどんなところに魅力を感じるのかは人それぞれ違うだろうが、私の場合、とにかくコメディアン的な天性の資質を持っている部分に尽きる。かわいいという印象は、面白さがあってこそ光る要素なのだと思う。そういう、猫が個々に持っている面白さや個性を伸ばしてやれるようサポートしながら、一緒にいる人の空気が読める子に育てていくのはとても楽しい。信じられない運動量を伴う仔猫の成長期には、何にでも興味を持ち、いたずらばかりして、最初はなかなか言うことも聞かないものだが、辛抱強く、してはいけないことを何度も繰り返し教える。ときには自分も猫になりきり、四つん這いになって威嚇の声を上げることとさえあるけれど、人間相手に怒鳴るようなことは決してしない。ときたま、猫を飼いたくても家具をめちゃめちゃにされたり、インテリアが台無しになると心配する人がいるけれど、爪研ぎも小さな頃から教えれば、壁で爪を研がない子に充分教育できる。壊されそうで陶器が飾れないなどの心配も、猫が居ることと個人の生活をどこまで譲歩するか？

で決めればいいと思う。そもそも人間でも誰かと一緒に暮らすとなれば、100%自分の意思だけでインテリアなどにこだわれないのだから、猫も同じように考えればいいと私は思う。自分の好みではないにせよ、心のこもったお土産をもらって、その気持ちを大切に飾るような場面が、人生の中にはたくさんあるものだ。自分の理想を相手に押し付けない。譲歩することで生まれるやわらかな思考は、凝り固まったひとりの世界にいつも新しい風を運んでくれる。

生後10ヵ月にさしかかろうとしていたピガは急に落ち着きが増して、仔猫時代の悪ガキぶりはどこへ行ったのか？　と心配になるほど、品行方正でエレガントな少年へと成長した。ところがさしたる理由もないのに、どこか覇気がなく、ぼんやりとしている日が多くなってしまった。ピガの好きな〝犬式キャッチ＆リリース〟（投げたぬいぐるみをピガがくわえて持ってきて、また投げる）の相手をしてあげても、徐々に身が入らなくなった。もしかしたら、兄弟を迎えてあげるといいのかも……そう思い始めていた矢先、ツイッターに上がってきた仔猫の里親募集情報に、再びピンとくる仔猫がいた。それが三代目愛猫、弟分の茶トラ猫・ユピテルだった。名前の由来は、木星によく似た縞模様から来ていて、英語で木星を表すJupiterのラテン語読みだ。木星は、太陽系の惑星の中でも大きさ、質量共に最大で、太陽系に飛び込んでくる隕石や小惑星を強い引力で吸い付けて、地球を含む、ほかの小さな惑星を守っているという。ユピには、身を呈しても弱い者を守れるような懐が深い男になって欲しいという願いを込めて、この名前をつけた。彼もまた、アイコちゃんと同じくミュージシャンの高井つよしさんが保護していた猫で、音楽でつながれた縁を持つこの子は間違いない、という確信を持って引き取ったのだった。

いつか多頭飼いをしてみたいとは思っていたけれど、先代のピキがほかの猫を絶対に受け付けず、その拒否反応の激しさを知っていたので、引き取りには心配もあった。それで万が一、相性がよくなかった場合のことを考えて、ユピを引き取ってもいいという友達を前もって探しておいた。ただピガの場合、偶然ユピとそっくりな茶トラ猫の兄弟と拾われて幼少期を過ごしたうえ、ほかの成猫との生活も経験していたため、受け入れてくれそうな気配を感じていた。ユピを引き取りに行くと、高井さん宅の4匹の愛猫が出迎えてくれ、その中の1匹、黒猫のゲンキくんがユピの面倒を見てくれていた。「これは……!」と、さらなる期待に胸を躍らせて家に連れ帰ってみると、ピガはすぐさまユピのあとをついて回り、初日から甲斐甲斐しく面倒を見始めたではないか。ふたりはあっという間に本当の兄弟のようにじゃれ合い、仲よくなっていった。驚いたのは、ピガから甘えた子どもの表情が消え、すっかりお兄ちゃんになってしまったこと。何をするのにもユピを優先してあげて、プロレスごっこも上手に負けたふりをする。けれど、ユピが強く嚙みすぎれば、人間には真似のできない絶妙なスピードで、ツボを押さえた教育的指導の猫パンチを手加減しながら繰り出す。應揚《おうよう》な性格で、確かに兄向きだとは思っていたが、ここまで立派なお兄ちゃんぶりを発揮するとは夢にも思っていなかった。面白いもので、人間の子どもの兄弟のように、ユピはピガの様子を何かにつけてじっと観察し、真似することがわかった。マナー全般に関して、申し分のない兄を真似してくれるのは、教育の手間が省けて大助かりだった。「子育ての基本は、長男長女をまずはきちんと育てることが肝心」と言っていた母の言葉を思い出した。

家に来たばかりの頃は、体の線も細くいたいけな印象のユピだったが、ピガのおおらかな愛に守られてすくすくと育ち、今では欲望が強く、喜怒哀楽のはっきりした生命力溢れる魅力的な子へと成長した。ピガを漢字一文字で表すならば「禅」、ユピは「華」といったところか。そうした個々のキャラクターの違いも含めて、多頭飼いには一頭飼いでは味わえない発見や喜びが多くあった。ピキとの一対一の蜜月も、猫兄弟との種を超えた家族的な幸福感も、どちらも比べられないよさがあって、飼い主と、共に暮らす猫の数だけ幸せの形が存在しているのだと思う。ただひとつ、すべてに共通して言えるのは、猫と暮らすのはとても素晴らしい、ということ。

気がつけば、私は40歳を越え、子どもの頃に「大人」だと感じていた年齢へと突入していた。

実際にこの歳になってみてわかったことと言えば、人間はいくつになっても自分の理想に掲げる完璧な存在にも、大人にもなれず、日々新しいことに驚いたり、哀しんだり、喜んだりして成長しているということだけだ。相変わらず、パリと東京の往復も続いており、この先、自分がどこに骨を埋めるのかもまだわからない。人に憧れられることもままある私の職業が、なんの保証もなく不安定なものであることは、この先も変わりはない。人生設計など、そもそも立てること自体が難しい道を選び続けている私にあるのは「自由」、それだけだ。自由とは、ただ野放しに好きなことを好きなだけやれる時間があると思われがちだが、実際は、24時間自分を管理し、心を律して生きる方法にほかならない。人間は、一日の時間割をある程度、誰かに決めてもらってそこに沿うほうが、精神衛生上ずっといいようにできているのだろう。自由であることは、同時にとても不自由で、大切なことをいつもたったひとりで決めなければならない孤独と背中合わせだ。それでも私は、自由であり続けたいと願う。社会的に見れば、いい年齢の女性が結婚もせず、子どもも作らず、年中旅をしていかがなものか？　と思うこともしょっちゅうあるけれど、人生における物事の適齢期とは、人それぞれ違って当然ではないだろうか。女性には子どもを産むことに関してのみ年齢の限界があるけれど、子どものいる人生も、いない人生も、それぞれ美しく、それぞれ苦労と楽しみがあるのだと私は思いたい。

猫を飼う人は孤独で寂しい人という、まことしやかなイメージがあるが、これは猫が持っている独特の自立した雰囲気や、〃借りてきた猫〃という言葉通り、ごく親しい人にしか見せない愉快な本性を隠しているところに起因している気がする。猫がいる実際の暮らしにはいつも笑いが溢れ、人間の立てた一日のプログラムなどいとも簡単に変えてしまう、予測不可能な時間で満ちている。それをただ「乱された」と捉えるのも、「面白い」と感じるのも、共に暮らす人の感性次第なのだ。将来を見据えて人生を逆算し、リスクを最小限に止めることに力を注ぐのも選択のひとつなのだとしたら、今この瞬間を１００％輝かせるために、目の前にある、どんな小さなことにも心を砕く生き方もまた、素晴らしい選択だ。選択とは、何かひとつを選び取って、ほかの可能性を捨てることではない。ほかの可能性を捨てると考えてしまうと、選ぶこと自体が怖いように思えてくる。しかし何かひとつを選ぶと、選び取られたそのひとつから、新しい無数の可能性が放射状に延びていく。たとえばあなたが「猫を飼いたいのだけど、飼った半年後に猫の嫌いな彼氏ができたらどうしよう」と考えたとする。「飼いたい」と思う気持ちを優先して行動を起こしたとすれば、行動そのものによって、すでに新しい無数の可能性が生まれていると信じて欲しい。たまたま猫を例にしただけだが、これは人生におけるすべての、ありとあらゆる選択にまつわる素晴らしい真実だ。

新しく迎えた猫たちは、ピキと同じようにいつか死を迎える。それが10年先なのか、または明日なのかは誰にもわからない。同時に訪れる底知れない哀しみは、もう充分すぎるほど予想ができている。それでも私は、彼らと生きることを選んだ。心の中に部屋を作り、一度受けた哀しみを閉じ込めて保管することを私は嫌う。哀しい過去と痛みの詰まった部屋に逃げ込めないよう、何度もそうした部屋に火を放ち、燃やしてきた。思い出はいつもこの瞬間、自分と共に流れる時間の中で自由に漂い、光を与えてくれるものだと信じている。

そうして私は、今日も生きる。猫と生きる。

第4章

運命の女神官

La prêtresse
fatale

私を呼ぶ何者かの声

時は流れ、2019年・夏。

大きな怪我や病気もせずに、ピガは満8歳、ユピは7歳になり、穏やかで幸せな日々を過ごしていた。その年の2月、母の腎臓がんが再発し、実家のある福島県白河市から下の弟が暮らす葛飾・柴又のマンションへ引っ越してきたのが4月だった。これより2年前に、自身もがんを抱えながら大腸がんの父を看取った母は、父の逝去後も白河でひとり暮らしを続けていたが、もうとても単身で置いておけるような状況ではなかった。母の妹に当たる伯母の勧めで手術を受けた東京都内の病院に、母は新しい抗がん剤治療のために入院していた。弟ふたりと、伯母、そして私が、病院での母の介護サポートのため、1週間のローテーションを組んで通う日々。頭数が4人いたので、それぞれが時間のやりくりをしながら通うことはなんとかできていたが、仕事の量を減らさずに介護の時間を作るのは、実際にやってみると想像以上にハードだった。体の疲れと相まって、精神的な疲れもたまっていた。直接、母の病状に関わる重い現実を主治医から聞かされることも、単純に、命の戦場である病院という場所へ日常的に足を運ぶことも、想像以上に心が疲れた。

私といえば、5年前からフランス語の教室を始めて、以前よりも安定した収入を得ていた。そのおかげで、貯金のない母の代わりに月々の医療費を捻出することもなんとかできており、内心「あゝ……お母さんの最終期に間に合って、本当によかった」と胸をなで下ろしていた。そもそも、もう40代も終わりのくせに、こんな胸のなで下ろしをしている自分の不甲斐なさには、苦笑したけれど。2007年から10年間続いたフリーペーパー《BONZOUR JAPON》にはスポンサーがつき、もちろん編集部からも渡航に関する経費は出ていたが、個人の仕事も請け負う形でフランスに年2、3回滞在していたので自己出費も多く、まとまった貯金が私にはなかった。フランス語のスキルアップと、様々な取材を通してフランス文化をより深く知ろうという気持ちは〝脳が若いうちに知識と経験を得られるだけ得たい〟という、私なりの自己投資ではあったのだが。まあ、アーティスト業だけをしていた昔に比べればずいぶんしっかりといろんなことを考えられるようにはなっていたけれど、それでも世間一般のこの年齢の社会人に比べれば、相変わらず人生設計など無きに等しい風来坊であることには変わりなかった。それでもコンスタントな収入を得られる先生業を始めていたおかげで、ここまで母にたいした恩返しもできなかった娘の免罪符として、お金の心配を必要以上にしなくて済むことに、正直ほっとしていた。

フランス語教室は平日のレッスンが夜8時から始まるため、介護サポートのために病院へ行く当番日も、レッスンの準備を含めて夕方6時くらいには家に戻らねばならなかった。いつものように母に頼まれた洗濯物を持ち帰って家に着くと、すぐさま洗濯機に放り込んで洗い始める。そこへ、ピガとユピが「ねえ、ねえ、おばあちゃん、どうだった?」と、わらわらと寄ってくる。

「うん、おばあちゃん、がんばってるよ」

彼らの体内時計は正確で、私がうっかり夜ごはんの時間を忘れても、ちゃんと催促する。この日も7時きっかりにカリカリをねだりに来て、ひとしきり食べたあと、その日の気分でチョイスした寝床でめいめい丸くなった。ふたりとも、いい子に育っていた。初めてのオス猫2匹との暮らしだけれど、メスのピキにはなかった単純明快さや甘えん坊ぶりに大いに癒されもし、助けられてもいた。なにせ父の末期がん発覚からここまでの数年間、家に落ち着いていられる時間がほとんどなく、とてもいい飼い主とは言えない状況だったが、ふたりは実の兄弟のように日々助け合って自発的に暮らしていた。男子特有の優しさで、むしろこちらのほうが気を使われてしまうほど、ふたりの空気を読む力は素晴らしく長けていた。多頭飼いも初めての経験だったが、多頭にして本当によかったと思う。歳の近い男子ふたりは気力・体力ともに拮抗《きっこう》していたから、私の留守中も追いかけっこをしたりして、充分に遊ぶことができていた。人生ってときに厳しいけれど、なかなかうまくできているものだな……そんな独り言を呟く一方で、ここしばらく感じていた贅沢な停滞感が、また湧き上がるのを感じていた。仕事も安定してきた独り身の飼い主と、健やかで聞き分けのいい男子猫２匹の暮らしは、あまりにも完璧すぎた。均衡のとれた正三角形のような関係は、もちろん私の目指す猫との暮らしだったし、これ以上何を望むのか？　というほど理想的だった。実際、これが永遠に続いて欲しいと真摯に願っていた。その反面、体の奥底からの声――このまま、なんの変化もなく保守的な人生をこの子たちと歩んでいくだけで、本当にいいのだろうか？　という疑問も、ときおり聞こえてくるのだった。これだ。私のこういうところが、平穏な生活に嵐を呼ぶ原因なのだ。何かができあがりすぎてしまうと、それを壊して新しい世界へ向かおうとする性分。

この日の夜もレッスンを終え、いつものようにベランダでぼんやりとそんなことを考えていた。ふと、高層ビル群のある都心の方角へ目を向けたとき、突然〝次に猫を迎え入れるなら、どんな名前がいいだろう〟という、かなり突拍子もないアイディアが頭に浮かんだ。さっき、あんなことを考えていたから急に思いついたんだろう。いや、ないない。ましてや母の最終期に入ろうとしているこんなときに、新しい猫を飼うなんて……そう頭ではわかっているのに、どうにも思考が止まらない。次男坊の名前・ユピテルは、まだ短毛だった幼少期にトラ模様がくっきりしていて、まるで木星みたいだなと思ったところからつけた。英語ではジュピターと発音されるこの名前は、ギリシャ神話の天空神〝ユーピテル〟が語源だ。子どもの頃から天文学が好き、という私自身の嗜好もあった。ならば次の子は、木星を周回する衛星の名前にしたらどうだろう？　と、すぐさま携帯の画面を開いて調べてみると、木星の第一衛星は〝イオ〟だった。これも、ユピテルと同じくギリシャ神話が由来で、女神官イーオーが語源だった。ところがこのイーオー、ずいぶんとかわいそうな女性なのだ。ゼウスの妻である女神ヘーラーの神職についていた彼女は、ゼウスの浮気心から手をつけられてしまう。嫉妬深いヘーラーからイーオーを守るために、ゼウスは彼女を白い牝牛に変えるが、それから大変な苦労を強いられ諸国を放浪したのち、エジプトでやっと人間の姿に戻ることができた。……ない。ありえない。メスにしかつけられないうえ、こんな過酷な一生を仔猫に背負わせるなんて、どんな鬼飼い主か。そうなのだ。これまでの3匹は、みんな仔猫から育てていたため、私の中で猫を迎え入れる=仔猫、という短絡的な発想しかなかったのだ。ない。とにかく何もかも、ありえない……と、独りごちてベッドに潜り込んだ。

土曜日である翌朝は、いつもより1時間早く起きた。平日は自宅マンションの1Fにある居住者のための共同スペースでフランス語を教えているが、週末は、新宿二丁目にある友達のバーを借りて教室を開いているので、遅れないよう電車に乗るのが常だった。午前中のレッスンを終えて、いつものように生徒たちと一緒に近所のおにぎり屋さんでお昼をとろうとバーを出たとき、ふと道の先に白いタオルのようなものが落ちているのに気がついた。それは、新宿の裏通りによくある小道のど真ん中に横たわっていて、誰かが落としたにしては不自然な形に見えた。数歩前に進んで体が硬直した。「……猫だ！」。駆け寄るのを一瞬ためらったのは、微動だにしないその猫が、もう車やバイクにはねられたあとだったらどうしよう……という懸念が浮かんだからだ。恐る恐る近づいてみると、見たことがないほど痩せこけて薄汚れた白に茶ぶちの猫が、両手両脚を投げ出したまま目を閉じていた。その様子が、なんというかあまりにも堂々としていたので、逆にこの子はもう死んでいるのかもしれないと思った。「ねえ…どうしたの…」と、細い肩を揺らしてみると、猫は「んあ?」と半目を開けてこちらを振り返った。その瞬間、私は思わず「保護!!」と馬鹿みたいな大声で叫んだ。それから生徒に「この子が車にひかれたりしないように見ていて!」と頼むと、ダッシュで近くのコンビニエンスストアへ駆け込み、全身が包める大きさのタオルを買って、またすぐさま現場へ走り戻った。骨と皮だけに見えるその猫は、全身にノミがたかって毛がボサボサに逆立っていた。まどろっこしくて両手で引き裂いたビニール袋からタオルを取り出し、そっと全身を包んで抱きかかえると、「イヤ」という小さな抵抗を見せたが、暴れる力も残っていないのか、おとなしく私の腕に抱かれた。その瞬間、まるで映画《マトリックス》のように、高速で疑問テロップが脳内に流れ始めた。なぜこんな目に……ここまで痩せこけているのに生きてるっていったい……もともと野良猫なのか……。「!!」その瞬間、とても嫌な考えが浮かんだ。まさか……捨てられた? もしも野良猫ならばいくら弱っていても、そう簡単に知らない人の腕に抱かれるなんてことは考えにくいのだ。頭がハテナマークで埋め尽くされながら、何人かの生徒とその子をバーへ運び込み、そのへんにあった酒の箱をひとつ拝借してタオルごと中に寝かせた。生徒のひとりが「私、薬局でちゅ〜るを買ってきます!」と飛び出して行った。私のフランス語教室名は《にゃんこ先生のフランス語教室》というふざけた名前で、先生が猫沢で猫好きというのもあってか、猫を飼っている生徒がとても多いのだ。午後のレッスンのためにやってきたほかのふたりの生徒のうちのひとりが猫飼いのエキスパートだったので、ちゅ〜るが届くとすぐに指につけて食べさせてくれた。すると、薄ぼんやりしていた猫がしっかりと目を開けて「なにこのおいしいもの！」と言わんばかりに、ちゅ〜るを必死に食べ始めたではないか。「よかった……助かりそうだね」。水分も入っているちゅ〜るが、こんなときの救急食としてとても優秀なのだということは、このとき初めて実感した。しかしくさい。あちこちにわけのわからないものをいっぱいぶら下げた猫は、すごい異臭を放っていた。それを気にせず、一生懸命ちゅ〜るをあげてくれる生徒に私は感動していた。そして、懸命にちゅ〜るを頬張る猫の表情を見て、この子は性格がいいなと、なぜか私は直感した。そしてまた、やっぱり飼われていた子なんじゃないか……という思いが揺り返してきて少し哀しくなったが、そんな恐ろしい思いつきは拒絶したくて思わずかぶりを振った。

猫の様子を窺いながらの午後のレッスンが終わって外に出てみると、午前クラスの生徒がひとり、バーの前に置いてあったベンチに座って待っていた。突然「先生、これ……」と差し出された封筒には、今しがた保護した猫への支援金が入っていた。一旦断ったが、なぜ彼女がこんな申し出をしてくれたのかを聞いて、私はありがたく頂戴することにした。昔、飼っていた猫が行方不明になり、その子によくしてやれなかったことがずっと頭から離れないと彼女は言った。それがきっかけで、長年、保護猫の支援をしたい気持ちがあったけれど、何をどうしたらいいのかわからずにいて、突然この場に居合わせたことで、今だ！　と思ったのだそうだ。ありがたい支援金と箱に入れた猫を抱いて、生徒ふたりとタクシーに飛び乗った。そして、ピガとユピの主治医がいる日本橋動物病院へ向かった。タクシーに乗り込んでから、私はようやくハッと我に返った。拾ったはいいけれど、この子どうするの?!　折しも介護中の母は難局を迎えていて、医療費負担も時間も決して余裕があるとは言い難いときに、どう見ても厳しい状態の猫を保護してしまうなんて。正直、私の睡眠時間もすでに極限まで削られていて、ちょっと気を許せば倒れてしまいそうだった。勢いよく拾ったくせに、急に現実が押し寄せてきてひどくうろたえた。じゃあ、この子をあのまま見捨てておけたのか？　絶対にできなかった。私の中の〝人間としてすべき当たり前のこと〟が選んだ結果なら、もう迷う必要はなかった。ええい、あとのことはどうにでもなる。まずは命を救うこと。今はそれだけを考えよう。

突然、ダンボール箱を抱えて飛び込んできた私に、園田先生は少し驚いている様子だったが、拾った経緯を話すと、いつもの落ち着いた声で「診せてください」とおっしゃった。「かなり年齢のいったメスの猫ですね」。先生の言葉に、その場にいた私たちは「えっ?!」と驚いてしまった。あんまり痩せていて小さかったので、みなすっかり仔猫だと思い込んでいたのだ。そして、メス猫という言葉に、私は少し落胆した。この子の身の振り方をどうするかはあとで考えるとしても、一旦、我が家で看てあげることにはなるだろう。そのとき、オスのピガとユピが受け入れてくれるのか? なぜか勝手に〝オスで仔猫〟と決めつけていた私は、ユピを引き取った際のピガの温かな受け入れを思い出して、安心してしまっていた。メスで成猫、しかもかなり高齢の。それに、ここまで弱った猫を介護した経験は私にはなかった。もちろんピキの最終期の介護経験はあったけれど、逝去時のピキよりもずっとこの子は弱っているように見えた。成猫にもかかわらず、体重はわずか1.8kgしかなかった。そして、別の懸念もあった。もしも猫エイズやFIP（伝染性腹膜炎）など、万が一持っていれば、ほか2匹への感染の可能性もなくはない重篤な病気だったら……。先生はひととおり保護した猫を診終えると「飢餓状態に加えて、脱水症状もあります。ひとまず数日入院してもらって様子を見ますが、助けられるというお約束はできないかもしれません」とおっしゃった。そのとき私はこう言った。「どうかお気持ちを重くなさらないでください。もしも助からなくても、路上で誰にも看取られずこの子が逝ってしまうことだけは、どうしても嫌だったんです。治療費に糸目はつけません。できるだけの治療をお願いします」と。

あゝ、こうゆうことだったのか。そのときようやく、私はこの子と出逢ってしまった運命の流れのような出来事を思い出した。

この前年の秋、出張取材で熊本市を訪れていたときのこと。スタッフと一緒にクライアントとの夕食会へ向かうため、宿泊先のホテルから外へ出たその直後だった。ホテルは交通量の多い大通りに面していて、帰宅で混雑する時間帯の道路には、たくさんの車が行き交っていた。ふと向こうに目をやると道路の反対側から、まだ生後まもないよちよち歩きのシロサバの仔猫が、こちらへ向かって走り出そうとしていた。言葉を発するいとまもなく、小さなその体は一台の車にはねられて、宙を舞った。突然、絶叫しながら道路に飛び出した私にスタッフは驚いて、今度は私が轢《ひ》かれないように、通行車をガードしてくれた。体を両手で抱え上げたその瞬間、仔猫は一瞬目を見開いて、「カッ……」という音と共に血を吐き、がくんと頭を仰け反らせてあっけなく逝ってしまった。出逢いから見送りまで、ほんの30秒の出来事だった。私は声にならない叫声を上げながら泣いた。私が猫に格別の愛情を持っていることを知っていたスタッフは、私たちを静かに取り囲んでいた。手にした遺体をどうしたものかと考えあぐねていたら、仔猫が飛び出した道路の反対側に保育園があり、まだ明かりがついているのに気がついた。子どもに理解のある方々なら、きっとこの状況も理解してくれるのでは……という一縷《いちる》の望みを抱いて保育園のドアを開けると、夕方の延長保育時間で残っている数人の園児と先生がいて、急な来客に振り返った。子どもたちに見せてはいけないと思い、血まみれの仔猫の体を隠すようにして「突然お邪魔してすみません……どなたか大人の方、来て頂けないでしょうか」と声をかけると、この園の園長先生が「どうしました?」と入り口まで来てくれた。つい今しがたあった悲劇を話すと園長先生は「あゝ……おそらく、この横にある駐車場で生まれた仔猫だと思うわ。実は先週も一度、同じことがあったの。かわいそうに……」と慈悲深いまなざしで、私の両手に包まれている仔猫を見た。「さ、この子は預かるから手を洗ってらっしゃい」と、先生は園の奥にある洗面所を案内してくださった。別れ際、私は東京の人間であること、出張中のため熊本には土地勘もなく、明日には東京へ帰らねばならないことを伝え「もしも……万が一、この子が息を吹き返すようなことがあれば、どうか動物病院へ連れて行ってください。かかる費用はもちろん全額負担します。そして、かならず迎えに来ます。もしもこのままなら……」「ええ、わかりました。あなたの言う通りにしましょう。でも、もしものときは……心配しないでね。手厚く葬ってあげるから」。仔猫が生き返るなんてことは誰の目から見てもありえないことだったが、優しい園長先生は否定することなく、そうおっしゃってくださった。連絡先を書いた紙を渡して、保育園をあとにした。

その夜、私はひとりホテルに戻って、眠れぬ晩を過ごした。仔猫が私を認識したのは、たったの1秒だった。この世を去る、たった1秒前。目を見開いて、しっかりと私を見た。1秒の逢瀬とはいったいどんな縁なのか。それでも逝く瞬間、仔猫は冷たいアスファルトの上ではなく、温もりのある私の手の中にいた。そして、たった1秒の逢瀬でも、仔猫はその死を悼まれ、涙で送られたのだ。それは、命がこの世に確かに存在した証に思えた。私が車道に飛び出したあのとき、たぶんもう助からないとどこかでわかっていながら、どうしても身柄を守りたかったのは、後続車に次々とはねられて、あの子が原形をとどめない姿になるのがどうしても、どうしても嫌だったからだ。どんな命もひとりぼっちで逝ってはいけないのだ。そして、できるだけ美しい姿で旅立つことが必要なのだ。それは送る側の自己満足ではなく、どんな形にせよ生をまっとうした命への祝福として。今日、出逢った猫も同じだ。たとえ助からなくても、ひとりぼっちで逝かせてはいけない。決して。

「猫沢さん……猫沢さん？」日本橋動物病院の受付で看護師さんに呼ばれ、私はハッと我に返った。「猫ちゃんの診察カードを作りたいんですけど、お名前どうしましょうか？」そう聞かれた瞬間、「……イオ。猫沢イオでお願いします」と答えていた。昨夜、不思議に降りてきたあの名前。過酷な人生を背負った女神官イーオーが、本当に目の前に現れてしまった。彼女は最後の力を振り絞って命のレスキュー要請を発信したのだろう。そして、奇しくもその声をキャッチしたのが私だった。人が猫を選ぶのではなく、猫が人を選ぶのだとちまたではよく聞くが、私とイオとの出逢いは、まさしくそんな運命を感じさせるものだった……ということを、このときはまだ、正直そこまで深く考える余裕はなかった。ただひたすら、なんとか彼女が助かりますようにと祈るだけだった。イオの入院手続きを終えて動物病院の外へ出た瞬間、やっと緊張の糸がほどけて涙が溢れた。たとえ助からなくても……いや、あの子はきっと生き抜く。なぜかはわからないけれど、私は確信めいた予感を強く感じていた。

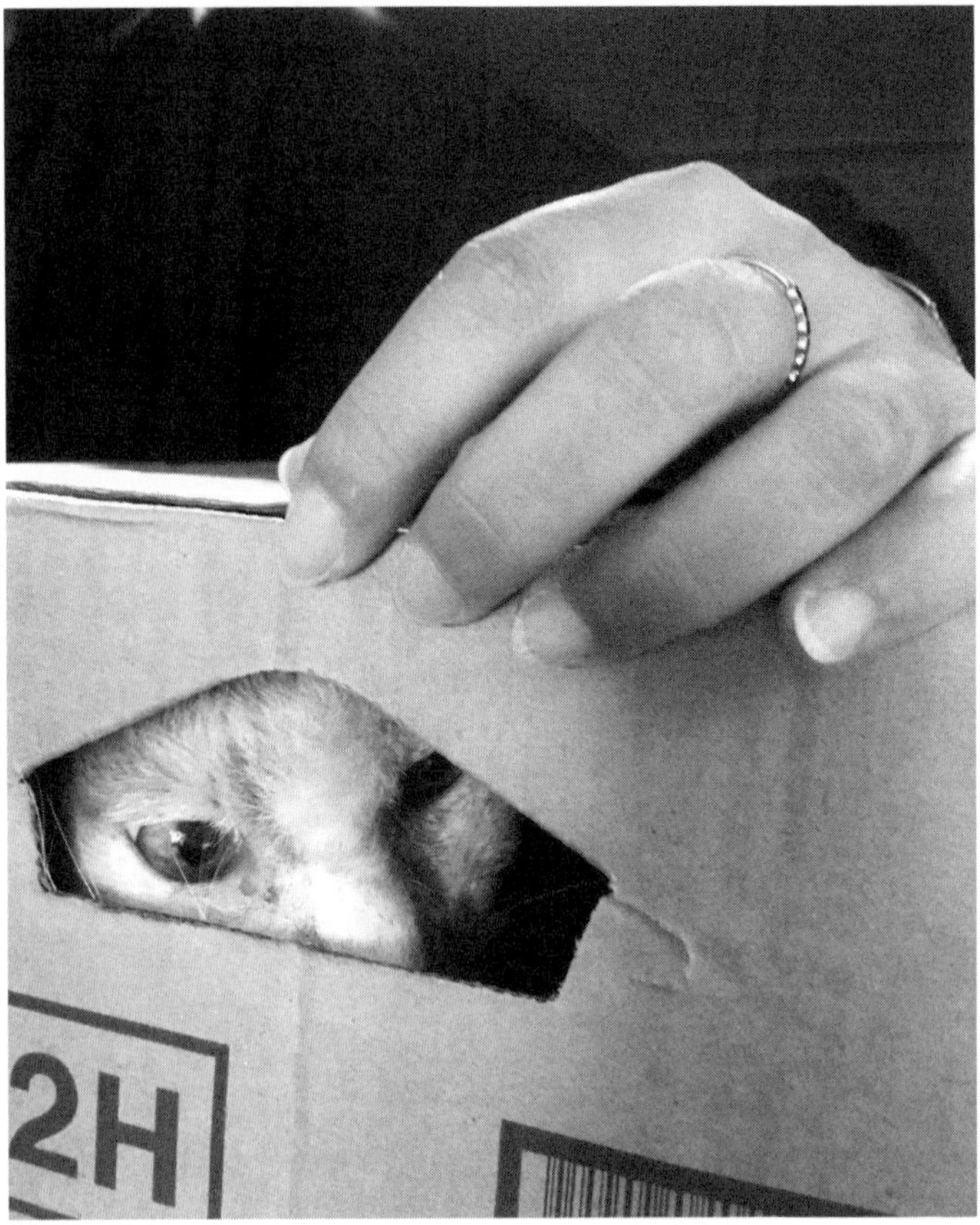
2H

交差するふたつの命

命をつなぐための3泊4日の入院を経て、イオは最初の山を乗り越えた。この間の私といえば、穴を空けることができない仕事をこなしながら、3LDKの我が家の一室を、急いでイオの保護部屋にしつらえた。もう数年前からパリ移住を計画して少しずつ荷物を整理していたので、玄関脇の5畳ほどの部屋がタイミングよく空いていたのだ。引っ越し準備のためのダンボール箱が雑然と置かれているそこを急いで整理して、近所のホームセンターで動物用のケージを買い込み、退院後のイオが安心して休めればと心尽くしの猫ハウスをこしらえた。イオのためにこうして懸命にあれこれ準備をしていると、ピキのことが思い出された。ピキの保護当時、これだけの細やかな準備やケアはできなかった。飼い主の人間性の幼さが、そのまま飼われる動物の処遇を決定してしまうのだという切ない反省に、私はたびたび作業の手を止め、幼い日のピキに胸の中で詫びた。

イオを動物病院へ迎えに行くと、園田先生は明るい表情で「ひとまず最も危ないところは脱したと思います。ただ、昨日まで食べていたごはんを、今朝になって食べなくなってしまって。あとは、イオちゃんがどのくらい食べられるかにかかってきます」とおっしゃった。通常、野良猫が保護されると、それまでの空腹を取り戻すかのようにごはんをがっつく子がほとんどらしいのだが、イオの場合、ちょっと食べると「もう結構です」とでも言っているかのように、なんとも上品な食事の摂り方なのだと先生は笑った。「おそらく、どこかのおうちで飼われていた子でしょうね」。あゝ……やっぱり。私の哀しい予感は、当たっていた。ならばいつ捨てられたのか？

どのくらい放浪していたのか？　のちに知ることになるイオの素性について、まだこの段階では何ひとつわからなかった。朗報もあった。検査の結果、こんなにひどい状態にもかかわらず、当初懸念していた深刻な猫の病気をイオはひとつも持っていなかった！　なんて運のいい子だろう。これで、ピガとユピのいる我が家でも心配することなく、イオを看てやれるのが心底嬉しかった。でも、まだまだクリアしなければいけない問題は多かった。男女の性差や経験値・年齢の違いを越えて、3匹がストレスなく仲よく暮せなければ、誰も幸せにはなれない。私には、何をおいてもまず、先住猫のピガとユピの幸せを最優先する責任があった。そのうえで、イオも幸せにしてあげなくては。この頃からインスタグラムに、イオの保護についての投稿を始めたのだけれど、実は戸惑いもあった。SNS上では、もうイオは完全に我が家の子になってしまっていて、情報だけがひとり歩きしているように見えた。これは、まだSNS以前で、ピキの生前にはなかった新しい悩みでもあった。とはいえ、ごちゃごちゃ考えても何ひとつ始まらない。まずは、イオの体の回復に全力を注ぐことが先決だった。

イオを迎えに行く前に、バスタブに温かいお湯をたっぷりと用意してから向かった。家に戻ると、イオを入れたキャリーバッグをそうっとバスルームに持っていって、騒がしいシャワーを使わずにかけ湯でイオの体を洗い始めた。最初は不安げなまなざしで身を縮こまらせていたけれど、種々雑多なゴミや汚れが少しずつ洗い流されていくにつれ、イオは気持ちよさそうに目を細めた。私が彼女の体にしみじみと触れたのはこれが最初だった。骨と皮だけ。まるで〝触れて感じる猫の骨格標本〟のよう。小さなおててには真っ黒に汚れ、肉球は使い古したゴム草履の底みたいに硬く荒れていた。この子がひとりで耐えてきた孤独と不安が、ボサボサの毛に被われた薄い肌から伝わってきて、私は嗚咽しながらイオを洗った。たぶん、このときだ。私たちの心が最初につながったのは。イオは、突然現れた見ず知らずの私に向かって心を開こうとしていた。優しく言葉をかけながら、その苦労をねぎらいながら、1時間半かけて丁寧に、丁寧に洗い終えて、濡れた体をそっと胸に抱いた。すると彼女はゴロゴロとのどを鳴らし、小さく「にゃお」と鳴いた。その「にゃお」には、明らかに甘えた色合いがあった。

よくここまでがんばったね。もう大丈夫。あなたは長い旅路の果てに、エジプトへたどり着き、再び猫の姿に戻るのだよ。私の女神官イーオーよ。

ケージの中に用意した籠のベッドに寝かせると、イオは深い眠りへと落ちていった。薄く開けた扉の隙間から、私はしばらくその様子を眺めていた。いつぶりなのかわからない、深い眠り。都会の攻撃的なネズミやカラス、車や突然の雨に怯えることのない静かな寝息は、ゆっくりと反復する命のメトロノームだった。ふと、リビングを見やると、ピガとユピがいつもと変わらず寝そべりながらこちらを見ていた。何かに気づいてはいるけれど、素知らぬふりをして。普段と変わりない、ふたりの紳士的な態度にも救われる思いがした。もしかしたら私たち、家族になれるかもしれない……そんな期待を抱かせる、イオがやってきた我が家の初日。幸いなことに、イオは大きな病を持っていなかったけれど、免疫低下からくる猫風邪に罹っていたし、体のどこといわず弱りきっていたから、しばらくは5畳の保護部屋に隔離した状態で看病する必要があった。

急遽、通販で買った空気清浄機を置いて、猫風邪がピガとユピに感染らないようにと配慮した。ごはんはイオが目を覚ますタイミングごとに、高カロリーのペースト状のものをできるだけ食べさせた。イオの命を最初につないだちゅ～るを少し混ぜてあげると、喜んで食べてくれた。先生がおっしゃっていたように、イオの食べ方はとても上品だった。おなかがいっぱいになれば、どんなに勧めても「もういらない」と横を向く。そのプイと拒む仕草が、とても女の子らしくてかわいかった。同じメス猫でも、ハンサムガールのピキにはなかったおしとやかな所作がイオにはあった。最初はほとんど寝そべりながら、頭だけ起こしてごはんを食べていたのが、徐々によろよろしながらも立ち上がって、ベッドの中に置いてあげたお皿から食べるようになった。そして、我が家での生活を始めて3日目には、食べやすいようにとベッドの横に急ごしらえで作った小さな食事テーブル（デメルの《猫の舌チョコレート》の箱をふたつ重ねてゴムで留めたもの）へ、自ら移動して食べられるようになった。イオが私を見つけると、まるで白い小花がパッと咲くような明るい表情を見せ始めたのも3日目あたりだった。イオの環境適応力は、素晴らしく高かった。素直で聞き分けのよい性格はもともと持っていた資質なのかもしれないが、それ以上に、彼女の内側から静かに湧き上がる生への意気込みをひしひしと感じた。イオはもう一度、生きようとしていた。彼女自身の強い意思で。

昨夜あたりから、さすがにイオの存在に感づいたピガとユピは、しきりに保護部屋の前をうろついて中へ入りたがった。いくら適応力が高いイオでも、まだ体も弱っているし、急に男子猫2匹が登場しては驚くだろうと、それとなくふたりを遠ざけていたのだが、ちょっと私が目を離した隙にドア開け大得意のピガが勝手に開けて中へ入ってしまった。「こら」と言ういとまもなく、いきなり現れた大柄な黒猫に驚いたイオは、これまで一度も見たことのない「シャー！」という威嚇の声を上げた。しまった……！　初対面が肝心なのに。それに驚いてピガも威嚇の声を上げるのかと思いきや、きょとんと目を見開いてそのまま硬直してしまった。面倒見のいいピガは仔猫が大好きで、ユピがやってきた日も嬉々としてお世話を始めたくらいだったから、たぶんこのときも〃あそこにいるのは新入りの仔猫ちゃん。早く会いたいな〃なんて思っていたのだろう。ところが中へ入ってみると、そこにいたのは仔猫のように小さな体の、妙に肝の据わった年齢不詳の女子猫だったものだから、ピガの思考はどうやら停止してしまったみたいだ。少し離れた後方にはユピが控えていて「兄ちゃん、ドンマイ！」と声をかけているのが可笑しくて笑ってしまった。そんなユピの予想外の態度にも驚いた。どちらかといえば、やきもち焼きのママっ子ユピの反応のほうがずっと心配だったのだけれど。すごすごと退散するピガとは対照的に、少し離れ

たところから優しいまなざしをイオに送り続けているではないか。そしてさらに印象的だったのは、ふたりを見た瞬間の「ガーン……」という、まるで漫画の吹き出しがついたみたいにあからさまなイオの落胆ぶりだった。イオはイオで、突如始まった優しいおばちゃんとの蜜月を心から味わっていたのに「こんな先住猫がいたなんて……。そうよね、猫生、そんなに甘くないわよね」っていう字幕が流れそうなうなだれ方。うん、わかるよ。だって、ここへ来る前のイオは、ただの〝猫〟だった。彼女の持っている唯一無二の存在価値も、内面の個性にも目を向けてはもらえない、都会の路上で生きる一匹の猫だったのだから。たったの3日で、個としての蕾を開き始めたイオが、そんな風に彼女の個性を見つめていた私とイオだけの、濃密な時間の早すぎる終《しゅう》焉《えん》を残念がるのは当然のような気がした。

かくして人間の私がひとり勝手に心配し、妄想シナリオで思い描いていた3匹の初対面はさっさと済んでしまい、その日から少しずつ、しかしながらかなりのハイスピードで信頼関係が築かれていくことになる。そして、当初あれこれ心配した3匹の関係性だとか、私自身の戸惑いなどあっという間にどこかへ吹き飛んでしまっていることに気がついた。イオとたった3日暮らしただけなのに、素直で健気な彼女の性格に心底惚れ込んで離れ難くなってしまったのは私のほうだった。まるで伏線を張るかのように、周囲には「いや、まだうちの子になれるかわからないし。もしも馴染めなかったら里親を探して……」などと嘯いていた自分が恥ずかしくなるほどに。でもそれは、本当に幸運な想定外、だった。実際、イオを日々看護していて強く感じたのは、ここまで弱った子にはとても個人的、かつ大きな愛情が必要不可欠で、ケアにかける時間も労力も並大抵のことでは追いつかない、ということだった。善意や人道などという、型通りの発想はなかった。私はただ、ひたむきなイオがかわいくてしかたがなくて、湧き上がる愛情に突き動かされて、昼夜問わず彼女を介抱し続けていた。ふと気がつくと、膝に青あざができていた。それは、一日何度も膝をついてケージの中に潜り込み、目線を同じ高さにしながらイオに心を寄せた痕《あと》だった。がんばって食べようとしても、弱りきった体はまだたくさんの栄養をいっぺんに受け止めきれないのか、吐くことも多かった。猫はたった3日でも食事が摂れないと、体が飢餓状態に備えて肝臓に脂肪を蓄え始める。イオがいったいどのくらいの期間食べられていなかったのかは知る由もないけれど、園田先生の初見では「おなかが空っぽで、いつから食べていないのか想像もつかない」とおっしゃっていたから、肝臓にはすでにかなりの負担がかかっていたはずだ。胃が空っぽのときには、よく胆汁を吐いた。脂肪を消化するために肝臓で作られ、胆のうに蓄えられている胆汁は、おなかが空きすぎて胃の運動が低下すると、本来、腸へ分泌されるものが胃に逆流してしまう。食後に胃が受け付けず食べ物を吐くときよりも、胆汁を吐くときのほうがイオは苦しそうだった。それでも彼女は果敢にお皿へ向かっていく。その姿からは、〝ワタシ、食べて生きるの！〟という声がまるで聞こえてくるようだった。イオは自分がつかんだ幸運をきちんと理解しているように見えた。突如現れた謎のおばちゃんが、自分に何をしてくれようとしているのかも。それに必死に応えようとする姿は、健気以外のなにものでもなかった。

イオとの最初の数日間は、順調な滑り出しを見せていた。〝寝食を忘れる〟とはまさしくこのことで、私自身の体重はこの数日で2kg落ちたのだけれど、そのぶんがきっとイオの体重に乗るのだと信じていた。イオの看護もさることながら、母の介護サポートも手が抜けない状況だった。イオがやってきた10日後、主治医から母の余命はあとひと月ほどと告げられた。どんなに想いを尽くしても、遠ざかる母の手をつなぎとめることができない哀しみに、私の精神は崩壊寸前だった。病院の帰り道、家の近所にある行きつけの蕎麦屋へひとり赴《おもむ》いて、人目をはばからずに酒を呑みながら泣いた。その年の正月、私の家で新年を迎えた母とふたりで盃をかたむけた、ここは思い出の店だった。奇しくも13日の金曜日だったその日の夜、母への余命告知をすべきかどうかについて、私は弟たちと長い意見交換をした。今思えば、死の淵へと向かう母に付き添っていた私たちも、少しおかしくなっていたのだと思う。まもなく逝ってしまう本人に向かって、そんな残酷な告知をしようとしていたなんて。死の近くで母と一緒に佇んでいるつもりでも、〝母の悔いが残らないように〟と悩み抜いた告知など、しょせん生側に立ち続けることができる私たちの勝手なエゴでしかなかった。翌日、母の主治医と電話での対話の末、母には最後まで余命を知らせないことを決めた。先生はおっしゃった。「想像してごらん。君がもしもあと1ヵ月しか生きられないと知ったら、残りの時間を明るく楽しく過ごそうなんて思えるかい？　毎日が死に覆われて、怯えしか残らないだろう。のちのちまで後悔を引きずるような、そんな恐ろしい十字架を、残された子どもたちが背負う必要はないんだよ。お母さんが去ったあとも、幸せに生きていかなくちゃいけない使命が君たちにはあるんだから。お母さんはそんなこと、言わなくてももうわかっているよ。不思議なことだけど、最期の時が近いっていうのは、言われなくてもちゃんとわかるものなんだ」。母を想う愛ゆえの迷走だったとしても、自分たちが犯しかけていた過ちの恐ろしさに震え、電話を切った直後、私は声を上げて泣いた。遊園地で迷子になって、母を呼び続けた子どもの頃のように。そのときだった。イオの保護部屋から苦しそうに嘔吐《えず》く音が聞こえた。慌てて見に行くと、イオが食べたものを籠ベッドの中で大量に吐き戻してしまっていた。実はこの日の夕方も胆汁を吐いたイオを連れて、園田先生のところに慌てて駆け込んだばかりだった。

汚れたタオルを取り替えたあと、ぐったりするイオを抱きかかえたまま、力なく床にへたり込んだ。もしもイオまで失うようなことがあったなら、私は生きていけるのだろうか。母とイオ、ふたつの命の攻防に疲れ果ててた私は、ここしばらく、今まで感じたことのない、手足がばらばらに散っていくような感覚に襲われていた。ところがこの夜を境に、それまでたびたびあったイオの大量嘔吐がピタリと止んだ。まるで私の心情を理解したかのように。不安定ながらも徐々に体力が戻りつつあることと、園田先生の的確な治療がイオを少しずつ回復へ導いていたのは確かなことなのだけれど、イオがこうした不思議な符合を見せるのは、一度や二度のことではなかった。彼女を助けようとしている人たちの想いを理解して、それに呼応するかのようにイオは懸命に闘っていたのだと思う。

イオのがんばりの横で、私たちをとりまく親しい友人たちは怒りに燃えていた。私が保護する以前のイオの素性が、ひょんなことからわかってしまったのだ。ある友人がインターネットで検索をかけてみたところ、捨てられる前のふっくらとしたイオの画像が意外なほど簡単に見つかった。元飼い主は、新宿二丁目で猫を売りにしたジャズバーを営んでいて、イオのほかに3匹ほどの猫が客の相手をしていたようだ。その子たちの写真もあった。みなイオと同じ白に茶ぶちの模様で、きょうだいであることを窺わせた。ところが、1年ほど前から忽然《こつぜん》と猫たちの写真投稿がなくなっていた。この1年の間に、バーはなんらかの理由でしばらく営業を止めていて、のっぴきならない飼い主の事情を想像させた。驚いたことにイオを保護した場所は、このバーが入居しているビルの前だった。つまり、飼い主はなんらかの事情でイオを外へ追い出し、追い出されたイオは理由もわからず、1年もの間この場所から離れることなく、痩せ細りながら彷徨っていたということになる。元飼い主は、痩せていくイオを見て見ぬふりしていたのだろうか。知らなければよかったと思った。ここまで激しい憎しみの念を抱いたのは、生まれて初めてだった。イオの体調が悪くなるたび、インターネットで見た元飼い主の顔が浮かんできて、負の感情にさいなまれた。ところがそんな私を救ってくれたのは、ほかでもないイオだった。人間の勝手な都合で働かされた挙句の果てに捨てられ、こんなに辛い目に遭いながら、イオは私という人間をもう一度信じようとしていた。負の感情などみじんも感じさせない彼女の清潔なまなざしに、汚れた情念はいつも洗い流された。イオは、猫生の賭けに出たのだ。若かりし頃の私が、あの日原宿で、呪いの10円玉をガムに替えて噛み捨てたあのときのように。そして彼女は賭けに勝った。もしもイオが捨てられなかったら、もちろんこんな体へのダメージはなく、辛い経験もしなくて済んだ。でも、日の当たらないバーで、本当に愛されることも知らずに生涯を終えていたかもしれない。

それまで〝運命〟という言葉を軽々しく使うことは好きではなかったが、イオとの出逢いはまさしく運命と呼ぶにふさわしかった。そしてこの結果は、イオ自身の深いところにある意志の力も手伝った、一か八かの賭けだったのだ。私はそんな風に考えることにした。そして、日増しに表情がやわらかくなり、愛情を受け取る術を身に付けていくイオの今だけを見ることが、過去を呪うよりもずっと大切なことだと気づいた。

ピガとユピは、あれからずっとへこたれることなく、イオに会うため保護部屋に通い続けていた。あまりのしつこさに観念したのか、ケージの周りをふたりがうろついても、もう威嚇の声を上げることもなくシラ〜ッと無視していたイオが、今度は自分からそろそろと保護部屋を出て、少しずつふたりに歩み寄るようになった。ピガのことは、まだ少し怖がっているような素ぶりだったけれど、ユピに対するまなざしは明らかに好意が感じられた。イオが一緒に暮らしていたきょうだいを思い起こさせる茶猫族だからなのか、それともピガよりもユニセックスな雰囲気を持っているからなのか。人間同士でも説明のつかない〝フィーリング〟があるように、猫同士にもピンとくる相性がきっとあって、イオはそれをユピに感じたのかもしれない。保護した日から毎日欠かさずつけていた当時の日記を見ると、イオが初めてリビングに5分間滞在したのは、我が家にやってきて2週間後だった。路上暮らし経験のある大人の猫にしては、素晴らしいスピードで馴染んでいったことがわかる。イオは一進一退を繰り返しながらも着実に体重を増やしていき、帰宅するたび生存確認をしなくてはならない保護最初期の緊張感からは、なんとか抜け出せそうな気配だった。

そうしてイオを保護した45日後、母が天に召された。父の三回忌はなんとしてでも自分が主宰するのだとお寺を予約していた10月11日は、彼女の葬儀へとすり替わった。「あの世で寂しがっている父が、母をかっさらっていった」と、残された私たち家族は話していた。生前の激しい夫婦喧嘩からは想像もできない深い情愛がふたりの間にはあったのだろう。子どもにも決して立ち入ることのできないふたりだけの聖域。私の人生でいちばん身近な恋人たちは、死によって永遠に結ばれた。

こうして今振り返ると、母の最終期に現れたイオは、消えゆく母の命を抱いていた私の腕のもう片方に飛び込んできて、その重さに見合うバランスを取ってくれていた。もしもイオがいなかったら、私は完全に壊れてしまっていただろう。私がイオを拾ったのではなく、イオに拾われたのは私だった。死の介添えで、知らず知らずのうちに削られ痩せてしまった私の魂が、助けを求めて呼んだ名前、それが〝イオ〟だった。彼女はしおれた私に水を注いだだけでなく、母の命をもらい受けたかのように、再生への階段を一歩ずつ上がっていった。

美しい永遠の夏

母の逝去後、イオの存在は、ますます私にとってなくてはならない心の支えになっていった。そして彼女の重要性は、ピガとユピにとっても同じくだった。成長したふたりには、今や男子ならではの力関係が発生していて、お互いにリスペクトしてはいてもなにかと張り合っていた。そこへ現れた年上の女子猫イオが、女の子特有の自由な空気感を振りまいて、我が家の雰囲気はぐんと和らいだ。イオはいちばん新参者なのにあっという間にお姉さん、もしくはお母さんみたいなポジションを獲得した。経験値の低いマンション暮らしのお坊ちゃまふたりに対して、荒波を乗り越えてきた経験値の高いイオの、ちょっとやそっとじゃうろたえない肝の据わった佇まいに、ふたりは明らかに一目置くようになった。イオが我が家にやってきてからおよそひと月後の10月初旬には、自ら保護部屋を抜け出したので、リビングの一角にベッドを置いて居場所を作ってあげた。初めてイオが本格的にリビングへ進出した日の朝、まだ痩せていてよろよろした足どりではあったものの、ピガとユピそれぞれに首を垂れて挨拶をしたのには驚いた。まるでヤクザの姐さんが、組員と命がけの盃を交わすような気迫があって、私はこの子が持っている芯の強さにあらためて惚れ込んでしまった。イオに対するピガとユピの受け入れが予想の何倍もよかったのは、人間の私から見ても感心するほど、彼女が礼儀正しかったことに起因していると思う。リビングに引っ越してからも、イオはきちんとピガ、ユピ、そして私がもともと持っていたテリトリーを意識して、自分がそこへ入る際には、まるで「失礼しまぁ〜す」とでも言っているかのように、きちんと鳴いて知らせた。トイレで用を足したあとも、おしっこのときは小さく、うんちのときは高らかに鳴いて知らせてくれるものだから、すぐに掃除ができて大助かりだった。あんなに過酷な目に遭ったというのに、どうしたらこんなにいい子でいられるのだろうとはじめは不思議だったが、イオはバーで暮らしていたときも、いじめられたり邪険に扱われたりはしていなかったのだろうと想像した。そのことは、私と出逢う以前のイオを思い起こすたびに感じる胸の痛みを和らげてくれた。イオはイオで、やっと得た安住の地にいた予想外の男子猫たちが実はとても優しくて、決してイオを仲間はずれにしないことに気づいたのか、のびのびと振る舞うようになっていった。イオと出逢う前夜に偶然考えていた贅沢な停滞感は、新しい家族の出現によって跡形もなく消えていた。最苦境に現れて、さらなるピンチに見えていたイオを躊躇なく受け入れた結果、彼女はその名の通り、我が家へ幸せの女神を引き寄せる女神官になったのだ。

11月、パリに暮らすフランス人の恋人が東京へ来てくれた。母の逝去とその後の社会的手続き、そして続くイオの看護でとてもパリへ行ける状況ではない私を見舞うために。保護当時からずっと話を聞いていたイオと彼の初対面でもあった。イオを保護したとき、母の最終期の介護サポートでぼろぼろだった私は、彼や弟たちがイオを保護したことを認めてくれないんじゃないかと実は心配していた。「こんなに余裕のないときに、また面倒を抱え込んで自分が倒れたらどうするんだ」と言われてしまうのではないかと。そんな私の取り越し苦労に反して、イオの保護を最初に賞賛してくれたのは、ほかでもない彼だった。そして弟たちも「放っておけない気持ちはわかるよ」と理解を示してくれて、ものすごく安堵した。彼はその当時、パリで猫を飼ってはいなかったが、子どもの頃は実家に猫がいて、両親と猫との素敵な関係を見て育っていたこともあり、幸いなことに猫好きだった。そんな彼がやってきて数日経ったある日の夜、イオの左目の上あたりがうっすらと熱を持って腫れているのに気がついた。翌日、イオの入ったキャリーバッグを彼に運んでもらい、さっそく園田先生に診て頂くと、たいしたことはないとわかってほっとした。ただ、保護当時からの目標にしていたイオの歯の全抜歯手術は、なるべく早く受けさせたほうがいいとあらためて思った。イオの歯は過酷な放浪生活の末、そのほとんどが腐って抜け落ちてしまい、残っていた歯も放っておけば歯根からのバイ菌が顔や脳に回ってしまう可能性があったため、全身麻酔による全抜歯手術をできるだけ早く行わなければいけなかった。まずはイオの体重が最低でも2.5kgまで回復しないと、全身麻酔での手術は体力的に難しかった。すでに2.5kgは超えていたので、彼が帰国したら今度こそ受けさせようと思っていた矢先のことだった。急にごはんを猛烈に食べ始め、飲水量も格段に増えた。それまでは、とにかく食べさせることが最優先だったので、心配するどころかむしろ喜んでいたのだが、数日経って明らかに何かおかしいと感じ始めた。うんちは締まりのない軟便で、食べているわりには抱き上げたときの体重増加も感じられない。再びイオを抱えて園田先生のところへ駆け込んだ。すぐさま行った血液検査の結果を注意深く見ながら先生がおっしゃった。「イオちゃんを苦しめていた病気の正体がやっとわかりました。糖尿病です。もしかすると、過去にも糖尿病を患ったことがあったか、なにかしらの要因があったのかもしれません」。そこで私はハッと思い出し、インターネットで見つけた捨てられる前のイオの写真を先生に見せた。どちらかといえば少し肥満気味なふっくらとしたあの写真を。飢餓状態の保護初期では、そもそもの栄養が足りてなさすぎて影を潜めていた糖尿病が、全身にきちんと栄養が行き渡り始めた今、姿を現したらしかった。写真だけで全貌が明らかになるわけではなかったが、それでも参考にはなった。そして、放浪していた期間や、捨てられる前のイオの状況がわかったことで、具体的な心と体のケアをしてあげられるのは本当に助かった。辛かったが、真実を知ってよかったのだと私は思った。

糖尿病が発覚したことで、残念ながら抜歯手術は先送りになった。人間にもよく見られる糖尿病は、血液中に存在している一定量のブドウ糖を、肝臓や筋肉に送るインスリンが膵臓で作られなくなることによって起きる高血糖状態が、体に様々な不具合を起こす病気だ。猫の糖尿病の原因は、持続的な炎症や長期にわたるストレス、ステロイドの長期服用などが挙げられる。イオの場合は、口内の炎症もストレスも、そして母猫からの遺伝的な要素、という可能性もあるらしかった。まずは跳ね上がったグルコースの数値を下げるために、インスリン投与をただちに始めねばならなかったが、インスリンの量を決めるために経過観察も含めた入院が必要だった。インスリンを使った治療は、それが足りなくなるよりも、過剰なインスリンによる低血糖で起こる症状のほうがずっと危険なので、イオの今の体に必要な量をまずは見極めるために、数日かけての検査と観察が必要だった。暮れも押し詰まった12月26日、4〜5日の予定でイオは入院した。ひさしぶりにイオのいない我が家は、空気の一部にぽっかり穴が空いたような寂しさに包まれた。残されたピガとユピもイオの不在を不思議がっていた。

「イオちゃん、どこ行ったの?」

「うん、ちょっと病気なのよね。それで、何日かお医者さんのところにお泊まりなのよ。でも、死んじゃうような病気じゃないから」

そうなのだ。糖尿病は一生の付き合いになる可能性はあっても、適切な治療さえすれば死に至ることは稀な病気だった。もしも朝晩、注射をしてあげなくてはいけなくなって、生活に不便が生まれてもぜんぜんかまわないと思った。むしろこのときの私は、これまではっきりしなかったイオの病気が明らかになったことで、ここから本当に彼女を健やかにしてあげられることの嬉しさと、糖尿病を克服してやる! という闘志に燃えていた。もはや彼女と病、そして病院通いは私の日常と表裏一体になっていて、イオを看護しているだとか、病気の猫と一緒に暮らしている感覚は皆無だった。幸いなことに糖尿病の発見がとても早く、その後の治療にも素早く入れたことでインスリンの量はごくわずかで済みそうだと、園田先生からは入院中の中間報告を頂いた。予定よりも1日早く、12月29日にイオは退院した。この日は、今年最後のフランス語教室のレッスンが新宿であった。午前と午後のレッスンの合間に日本橋動物病院へ電話をして、イオが今日退院できるとわかった私は、とにかく早く会いたくて新宿から病院へ直行した。イオは持ち前の度胸を見せていたようで、入院中もおしなべて落ち着いていて、とてもいい子だったと看護師さんに褒めて頂いた。イオを連れて家に戻ると、まずユピが駆け寄ってきて、親しい猫同士のご挨拶〝鼻チュー〟をした。

「おかえり、イオちゃん」
「ただいま！」

今や、世界でいちばん好きな場所になった我が家へ戻れた喜びで、イオの全身から温かな波動が広がっていくのが感じられた。彼女のお気に入りの場所――私のベッドの上に駆け上がったイオは、それからしばらくじっと虚空を見つめていた。そのまなざしには「ここはワタシのおうち。ワタシには、もうおうちがあるんだ。待ってくれている家族もいるのよ」という万感の思いが込められているかのようだった。イオは家族が欲しかった。イオの持っている優しさや、素晴らしい社交性や、礼儀正しく上品な佇まいを理解して喜んでくれる家族が心の底から欲しかったのだと思う。1年もの間、路上暮らしをしていたにもかかわらず、イオが捨てられる前に培《つちか》った美しい心持ちは、何ひとつ欠けていなかった。それは、彼女の強さを物語っていた。優しく細やかな家族への気遣いも、強いからこそできる彼女の美点だった。そんなイオを、私はもはや猫という狭いカテゴリーで見ていないことに気がついた。ひとつの魂を持ってこの世界に生まれてきた同じ生き物として、あるいはひとりの女性として彼女を深く尊敬していた。

念願だった我が家での初めての年越しと、みんなそろって新年を迎えるという夢が叶った。もしかしたら年は越せないかもしれない……という、暗い未来予想図を抱かせずにはいられなかった瀕死のイオは、彼女を温かく見守る多くの人たちの願いや助けによって、今や希望の象徴となりつつあった。前年に母を失った2020年のお正月は、表向き喪中ではあったが、我が家は穏やかで幸せな空気に包まれていた。いろいろと複雑な事情が絡んでいた母逝去後の社会的手続きもまだ終わっていなかったし、父の末期がん発覚から切れ目なく続いていた気の抜けない数年間で、私は完膚なきまでに疲れきっていた。それでも、幸せそうに日向で眠るイオと、それを優しく取り囲むピガとユピを眺めるだけで、苦しいことはまるで何もかもなかったかのように思えた。あの幸せなお正月の三箇日。静かで平凡で、特別なことは何ひとつないけれど、大切なことだけが全部そろっている素晴らしい新年の幕開けだった。

年が明けてからも、イオの糖尿病克服のためのインスリン注射は続いていた。動物病院で注射の打ち方を習い、自宅で決められた量を定時に打った。猫の皮膚はあまり痛みを感じないらしいが、それでもイオは打つたび不機嫌になってカウチの下へ潜り込んだ。こういうときのイオは、わかりやすく顔が般若そっくりになるものだから、申し訳ないけれどちょっと笑ってしまう。幸せなときは満面の笑み、不機嫌なときはフランスの女優みたいにあからさまな仏頂面をするところがこれまたかわいかった。表情が豊かということは、心がやわらかく正常に動いている証拠だ。イオの所作は、まるで日舞のお師匠さんのようにたおやかだが、その印象に反して、元来彼女が持っている心身は強靭だったと思う。それでも路上での放浪生活は、彼女の体に深刻なダメージを残したし、精神的にも相当な傷を負ったと見ていて感じた。我が家での生活に慣れ始めた頃は、ときおりものすごくハイテンションになって、私たちに激しい愛情表現をしたかと思うと、その夜にはドーンと落ちてぐったりと横たわるようなことがたびたびあった。そんなイオのアップダウンは、特に仲よしのユピにはわかるようで「ママ、イオちゃんどうしたの？ さっきまであんなに元気だったのに」と尋ねてくるのだった。

「イオちゃん、急に幸せになって疲れちゃったんだと思う」

「幸せなのに疲れるの？」

「そう。急激な変化っていうのはね、それが幸せでも不幸せでも、とても疲れるものなの。イオちゃんが早く幸せに慣れるといいね」

「うん……そうだね」


イオが自分の心を癒すためにうずくまって眠る姿を、少し離れたところから、私たちはいつも静かに見守っていた。傷ついたイオを丸ごとありのまま受け入れること。彼女の回復していくスピードを尊重し、ただ傍に寄り添い続けることを何よりも大切にしながら。

連日のインスリン注射と通院が続いていた2020年2月末、人間界では新型のウイルスが世界を席巻《せっけん》し始めた。当初、数ヵ月で収束すると思われていたこのウイルスは、太陽の外層大気に吹き出すガスに似ていることから、通称：コロナウイルスと呼ばれるようになる。イオの治療は幸いなことに功を奏して、取り込まれていなかった栄養が徐々に体のすみずみにまで行き渡るようになり、１週間に１００ｇというハイペースで体重が増えていった。３月13日、《新型コロナウイルス対策の特別措置法》が国会で成立した。その１週間前、全身麻酔によるイオの歯の全抜歯手術が行われた。糖尿病の予後も安定しているし、歯を抜いたほうが痛みも取れてますます食事もしやすくなるだろうという園田先生の決断だった。体重は3.5kgまで回復し、もう充分、手術にも耐えられる体になっていた。ここまでイオは、腐った歯と口の中の痛みを抱えながらがんばってごはんを食べ続けてきた。やっとこの痛みから解放してやれることが嬉しかった。しかも今回の手術は日帰りでできるので、イオに与える不安が最小限なのにもほっとした。イオが家から離れること＝また捨てられたと思いはしないだろうか？　という心配が、私には常にあったからだ。ただ、糖尿病持ちのイオの場合、通常ならば術後に処方される消炎鎮痛剤のステロイドが使えないという難点があった。ステロイドはせっかく安定しているグルコースの数値を不安定にしてしまう可能性があった。手術を終えたイオを家に連れて帰り、片時も離れずに付き添った。麻酔が完全に切れると、かなり痛みを感じるのか、聞いたことのない「ううう……」という低い唸り声を上げて必死にこらえるイオを見て涙が溢れた。ところがその夜半過ぎ、いきなりスクッと立ち上がったかと思うと、スタスタとごはんが置いてある洗面所へ向かい、ピガとユピのために用意してあったキャットフードを猛然と食べ始めて驚いた。慌ててやわらかなペースト状のごはんを用意して勧めるも、それには見向きもせず、まるで親の仇を取るかのごとく硬いカリカリをイオは食べ続けた。なんという強い子か！　抜歯手術後は、水を飲むだけでも時間がかかる子もいると聞いていた。イオのこのたくましさと生に向かう意気込みには、これまでも幾度となく驚かされてきたが、このときもその気骨をまざまざと見せつけてくれた。

4月7日から始まった、東京での新型コロナウイルス緊急事態宣言の少し前。生徒の感染リスクを考えて、フランス語教室をすべてZoomによるリモートレッスンに切り替えた。近い将来に予定していたパリ移住で、どのみちリモートレッスンになることをすでに生徒に相談済みだったため、さしたる混乱もなく切り替えることができた。足かけ6年続いた週末の新宿通いも、コロナをきっかけに終了した。イオの保護に協力してくれた生徒のひとりが「先生、イオをコロナの前に保護できて、本当によかったですね」と言った。本当だ。もしもタイミングがずれていたら、私はイオに出逢うことができなかっただろう。コロナの蔓延は、全世界的な規模で様々な不幸や変化をもたらした。しかし、我が家の状況に限っては、糖尿病のイオをいつでも家にいて看てあげられることになり、むしろありがたかった。その頃海外のニュースで見た、ネコ科動物がコロナウイルスに罹りやすいという情報もあって、絶対にウイルスを家に持ち込むものかと、私はひたすら家にこもっていた。

腐った歯が取り除かれて、慢性的に起きていた歯肉炎からも解放されたイオは、それからますますごはんが食べられるようになっていった。糖尿病のインスリン治療も順調に進み、その年の春・5月18日、糖尿病を寛解させるという猫ではとても稀な快挙をイオは成し遂げた。園田先生の獣医歴の中でも、イオを含めて2匹しか事例がないそうだ。イオの保護当時から、私たちの奮闘を見守ってくださった日本橋動物病院の看護師さんたちも、心からの拍手を贈ってくださった。「今日は、イオちゃんとお祝いしてくださいね」そうおっしゃった園田先生の笑顔が心に焼きついた。イオを入れたキャリーバッグを肩に担いだまま、病院近くの人形町のケーキ屋さんで、女の子らしいかわいいデコレーションのケーキを買って、イオとおしゃべりしながら夕日の隅田川を散歩して帰った。イオは、キャリーバッグが閉じていると嫌がる子だったので、いつも顔だけちょこんと出して移動していたのだけれど、決して外に飛び出したりしないおりこうさんだった。街行く人にも愛想を振りまいて、かわいがってもらった。イオは、子どものいない私にとって、賢く、たくましく、強い心を持つかけがえのない娘だった。もしもこの子が急にいなくなってしまったら、私はきっと生きていけないだろう……いや、そんなことは今考えても意味がない。イオと、そしてピガとユピ、私たち家族みんなで、できるだけ末長く幸せに暮らそう。精一杯、毎日を輝かせて、大切に愛し合おう。イオと暮らした時間の中で、最も美しかった寛解の日。写真には、口角をきっちり上げて微笑んでいるイオと、嬉し涙でまぶたを腫らした笑顔の私が並んでいる。

季節は再び夏を迎え、イオと出逢った8月31日がやってきた。彼女が本当はいくつで、誕生日がいつなのかは知る由もない。けれど、私はこの日をイオの誕生日だと思うことにした。確かにイオはこの日生まれ変わり、第二の猫生を歩き始めたのだから。私は数字の《1》をかたどったキャンドルをケーキに飾り、イオの新しい誕生日を心から祝った。糖尿病の寛解後も、定期的に日本橋動物病院での血液検査は続けて経過観察をしていたが、グルコースの数値が大きく上昇することもなく、検査の間隔も次第に開いていった。コロナ禍の混迷深まる東京の状況を、イオはまるで理解しているかのように寛解へとたどり着き、私にできるだけ苦労をかけまいとしているのでは？　と思ってしまうほど、ここまでの道のりはすべてが絶妙なタイミングで危機をすり抜けている印象だった。ピガとユピにとっても、イオはもう、居て当然の家族になった。私が数時間外出して帰ってくると、イオがピガとユピのどちらかにくっついて眠っている仲睦まじい風景もめずらしくなくなった。

忘れられない美しい夏だった。コロナ禍で自由な外出もままならなかったが、むしろそうだったからこそ、私はイオと長い時間を過ごすことができたのだ。体重は4.5 kgまで回復し、ユピとほぼ同じ体格の、どこから見ても健康そのもののふくふくとした猫へと戻った。ノミに噛まれて、全身が水玉模様みたいに抜け落ちていた毛もきれいに生え替わり、本来イオが持っていた美しい風貌が蘇り、まばゆいほどの輝きを放っていた。そんな美しい夏が、永遠に私たちの記憶の中へ仕舞われることになるなんて、このときはまだ夢にも思っていなかった。

絶望の中の希望を探して

糖尿病寛解からの8ヵ月間は、おそらくイオの猫生の中で最も幸せな日々だったと思う。

ゼウスによって牝牛に変えられた女神官イーオーは、ついに猫の姿に環ることができたのだ。健やかな心と体を取り戻したイオは、どこにでもいる普通のイエネコへと戻った。ピガとユピを真似ているのか、来客にときおり人見知りまでするようになり、イオの体調についても、日記に書き記すことが少なくなっていた。イオがSNSで話題にならない〝ごく普通の猫〟になる、ということは、私が保護当時に掲げた目標でもあった。平凡であることの奇跡と、幸せのつまらなさがどれほど尊いものなのかを、私はイオに出逢ってよりいっそう深く知った。

年が明けて、2021年1月。コロナ禍は一向に収束の兆しを見せず、私のパリ移住計画も見通しが立たないままだったが、イオの体の心配がなくなった今こそ進めるときだと、連日彼とネット電話で話していた頃だった。ある日、フランス語教室の生徒のひとりが、木曜日のリモートレッスン後に話したいことがあると申し出た。突然泣き崩れた彼女が言葉を発するよりも先に、私は涙の理由をなんとなく察知した。彼女は、まだレッスンがリモートに切り替わる前に私のマンションで開かれていた平日のレッスンの生徒だったのだが、教室の帰り道、この近くの公園で1匹のメスの猫を保護した。話を聞くと、その保護した猫が深刻な病気になったとのことだった。私はその子に名前をつけたゴッドマザーだったし、イオを保護する約1年前に同じく路上生活から幸せをつかんだ、イオのお姉さん的な存在として心を寄せていた。そして、避けられない病気の到来が、飼い主にとってどんなに辛いものかも知っていたので、彼女をできるだけ励まして通信を終えた。その瞬間、なぜか言いようのない不安に襲われた。それは、これまでの人生で数多《あまた》の苦難を経験していた私の、体の奥底から鳴り響く警告アラームが作動する兆しだった。実は、説明のつかない影のようなものを、去年末からイオに感じていた。少し食欲が落ちたのと、運動量が減ったなとは感じていたけれど、冬の寒い時期に猫の活動が緩慢になるのはめずらしくなかったし、これ以上太ると肥満域に入ってしまうイオの堂々たる体格を見て、むしろごはんが控えめなのは好ましいことだと思っていた。血糖値も相変わらず安定していたイオに、不具合などあるはずがない……そう思い込みたかった私は、現実を見て見ぬふりしてしまったのかもしれない。

そして、私は生徒との会話を終えたあと、元気な猫を飼っている人だとて、いつなんどき病気と闘う立場になるかわからないものなのだとしみじみ思った。それはもちろん、私にも起きうることだと。まさかこの会話のたった3日後、現実のものになるとはさすがに想像していなかったけれど。

翌日の金曜日、いつものようにイオとベッドでじゃれ合っていたときだった。彼女の顔を撫でていたら、左側の下あごに、とても小さなおできのようなものを見つけた。おや？　とは思ったが、右の下あごと比べるように両手で触ったら、双方とも似たような感触で、たぶん骨だろうと安心してしまった。ただ、ここ最近、どことなく口臭がきつくなったような気がしていた。イオはもう、左上あごに牙1本を残してほかの歯はすべて手術で抜いてしまっていたので、口の中のトラブルなど起きようがないはずなのに不思議だなと思ってはいた。1本だけ残された牙は、園田先生が守ってくださった、イオの猫としてのアイデンティティーだった。

その2日後の日曜日。いつものように週末のレッスンを終えて、ふとイオのあごに触れたとき思わずハッとした。おとといよりも確実に、あのおできが大きくなっていた。一瞬パニックに陥りそうになったが、必死で冷静に考えようと努めた。そもそも私は、ことイオに関して過剰なほどの心配性がすっかり身についてしまい、これまでにもたびたび取り越し苦労の無駄な通院をさせてしまっていたものだから、きっとこれも何かの勘違いかもしれなかった。仮にこれが悪性腫瘍だとしても、たった2日で急激に大きくなるなんてことは考えにくかった。いちおう念の為に……と、インターネットで猫のあごにできる腫瘍について検索をかけてみると、偶然、園田先生の診察日記がトップに出てきた。それを読んで、私は凍りついた。すぐさま日曜日も開いている日本橋動物病院に電話をかけ、イオを連れて走り出した。「扁平上皮《へんぺいじょうひ》がん」「かかってしまえば、ほとんど手立てがない」。診察日記にはそう書かれていた。イオを抱えて病院の待合室にいたとき、私は何を考えていただろう。さっきネットで読んだ先生の手記は幻ではなかった。でもまだ、イオが聞いたこともない扁平上皮がんだと決まったわけじゃない……。それからほどなくして、私たちは診察室に呼ばれた。おできに気がついたおとといに比べて、大きくなっているのがわかったことなどを先生に伝えた。「でも、私っていつも早とちりするので……」そう言おうとした矢先に、先生の口からはっきりと「残念ですが、扁平上皮がんである可能性がとても高いです」という言葉が聞こえた。立っていた診察室の床が一瞬で崩れ落ちて、足元に果てしない奈落の闇が広がった。先生はこう続けた。「飼い主が猫沢さんなので……はじめからはっきり申し上げますね。

もちろん実際に検査をしてみなくては確定できませんが、このがんだった場合、進行が非常に速いんです。一刻も早く手を打つ必要があります。幸いなことに、この近くに動物の口腔専門の先生がいらっしゃいます。その先生なら、もしかしたらイオちゃんの生きる道を見つけてくれるかもしれません」。先生との緊迫した短いやりとりの中で、泣いている時間はないのだと悟った私は、紹介された病院と先生の名前をすぐさまメモした。それから、今後イオに起きてくる様々な症状と、最悪の場合の余命、そして安らかな最期について——つまり、安楽死の可能性までをも先生と話した。こぶしを握り締めながら、正気を失わないようにするのが精一杯だった。

イオと病院から戻ると、いつものようにピガとユピが「おかえり」と出迎えてくれた。イオは、キャリーバッグから飛び出して、嬉しそうにブンブンしっぽを振り回してふたりのところへ駆け寄っていった。どこからどう見ても、健康そのものにしか見えなかった。「最悪の場合の余命は2ヵ月です」。先生の言葉が脳内にこだましていた。2ヵ月？　今、目の前で飛び跳ねているこの子がたった2ヵ月で死ぬの？　誰がそんなこと信じられる？　私はすぐさまPCを開いて、扁平上皮がんについて調べ始めた。すると園田先生のおっしゃった通り、このがんが待ったなしの病気であることがわかった。扁平上皮がんは人間にも起きる皮膚がんの一種で、口腔・舌・膣など扁平上皮細胞のある場所ならどこにでもできる可能性のある悪性腫瘍だ。がん細胞の悪性度と、発症部位にもよるが、イオのように口腔内にできた場合、あごの骨を溶かしながら、顔や首のリンパ節へと広がり、最終的には気管が塞がって窒息死するか、食事が徐々に摂れなくなることによる衰弱死が多いとあった。手術しても再発率が高く、余命も平均的に短い。すぐさま紹介された病院へ電話をかけ、明日の朝一番の予約を取った。それからあとは、力なくソファに座り込んでいた。運命の過酷さに震えながら。この日、それ以外の記憶はない。おそらく呆然としているか、泣いているかのどちらかだったと思う。

翌朝、紹介された病院へイオとタクシーで向かった。通い慣れた日本橋動物病院とは違う雰囲気に、イオも落ち着かない様子だった。診察室に呼ばれ、これまでの経緯を口腔専門の先生に説明すると、やはり、ほぼ間違いなく扁平上皮がんだろうという見立てだった。病気を確定診断する細胞診のために、疑わしい組織の一部を切り取るには全身麻酔が必要になるので、本来ならば事前の準備が必要になるのだけれど、イオの場合、そんな正規の手順を踏んでいる時間はないと告げられ、急遽この日、細胞を採取することになった。それと同時に、腫瘍の広がりや転移の有無を調べるためのＣＴスキャンの検査も予約する必要があった。これも本来ならば細胞診の検査結果を待って、がんが確定してから行うものだが、細胞診の結果が出るまでは最短でも1週間から10日かかってしまい、その間にもイオのがんが進行してしまうため、すぐにもできる検査場を探した結果、明後日、水曜日の早朝に受けることが決まった。場所は埼玉県で近くはなかったが、そんなことを言っている場合ではなかった。何ひとつ確定した結果は出ていなかったが、今日の段階で手術日も予約しておいたほうがいいと言われた。手術とは、腫瘍のある左あごの骨をリンパ節まで取り除く大手術だった。手術後しばらくは、食道に管を入れて強制給餌で栄養を取り込む。入院は最低でも2週間。その後の回復は、猫によってまちまちであることを告げられた。手術をした猫の気絶しそうな写真をいくつも見せられた。同時に手術せずにがんが進行した猫の、目を背けたくなるような写真も。診察室から先生が去ったあと、今しがた見せられた手術した場合の猫の、その後の様子を看護師さんに聞いてみたところ「この子はがんばりましたよ。手術から8ヵ月生きました」という答えが返ってきた。がんばった？　この子の意思で？　がんばらせたのは人間じゃないの？　延命した数ヵ月のうちのいったい何ヵ月間、この子に穏やかな時間がもたらされたというの？　もはや私のキャパシティは限界に達していた。病名を知ってからここまで24時間も経っていなかった。手術する・しないを決定するための、判断材料もまったく足りていなかった。それでもこの病院に来て、昨日園田先生がおっしゃっていた「時間がない」という言葉の真意だけは、はっきりとわかった。泣くのはあとでもできる。今は正気を保つこと、そして、イオを生かす道を探すことが最優先だった。

水曜日の早朝、イオと共に動物の検査機関がある埼玉県に向かって出発した。口腔専門の先生のお話によると、CTであごのがんはおそらく見つかるだろうが、肝心なのは肺とのどの奥のリンパ節に転移があるかどうかで、もしもここへの転移がなければ手術は可能だと伝えられていた。月曜日の細胞採取の際、イオはレントゲン検査も同時に受けていて、幸いなことに転移が見られずCT検査へ進むことができたのだった。まるでアメリカのERドラマに出てくるような最新鋭の機器を備えた検査機関へイオを数時間預け、祈るように結果を待った。予定よりも少し遅れて検査結果が出た。担当は若い女性の先生で、まず「非常に早期発見だと思います。おそらく発症して2週間あたりかと思います」とおっしゃった。……たったの2週間。この数日間、イオのがんをどうしてもっと早く見つけてやれなかったのかと自分を責めていた。もともと歯を全抜歯しなければいけないほど口の中の状態が悪かったのに、手術後はすっかり安心しきってしまい、大事なシグナルを見落としたのだと。扁平上皮がんは、ごく初期のときにはよく歯肉炎と間違われる早期発見の難しいがんだ。その中でもイオのがんは、かなり初期に発見できた部類に入るとおっしゃった。これ以上の早期発見はほぼ不可能と聞いて、一瞬希望の火が胸に灯ったが、先生の続く説明であっけなく吹き消された。ごく一部かと思っていた腫瘍は、すでに左の下あご全体まで浸潤《しんじゅん》していて、あごの奥にあるリンパ節がかろうじて食い止めているだけだった。そのうえ、首の付け根にもすでに転移した影が見られた。ただ、最重要ポイントだったのどの奥と肺への転移はまだなく、手術は可能らしかった。希望と絶望がフィフティー・フィフティーの、決断するにはある意味最も苦しい検査結果だった。残る最後の判断材料は、細胞診の検査結果だった。ここまでで3人のドクターに会って話を聞いたが、私はもっと広く意見を募ってみたかった。それで、猫専門病院として有名な東京猫医療センターのHPを開いてみると、ちょうど明日が腫瘍科の専門医による診察日だったので、サードオピニオンに行くことを決めた。一日一日、できうることを最大限に探して動いていた。私を支えていたものは〝膝を抱えて泣いているわけじゃない〟これだけだった。母の最終期にも経験した激しいストレスによるひどい寝汗で、毎朝シーツに直径1mもの丸いシミができていた。

翌日は、ここまでの検査結果をすべて持って、私ひとりでサードオピニオンへ出向いた。イオは連日の検査や移動でくたくたになり、このままではがん云々の前に体調そのものを崩してしまいそうだった。東京猫医療センターの腫瘍科の専門医・原先生も、決断には難しいフィフティー・フィフティーの状況という見解だった。あとは飼い主の私が決めるしかなかった。サードオピニオンの帰り道、それでもまだイオに生きる道が残されているならば手術を受けさせて、その後の回復がどんなに険しい道のりでも、どこまでも支えていこうという気持ちが私の中で60%くらいあった。ただ、ここで聞いた新たな情報が、私の決断をさらに決めかねるものにしていた。口腔専門病院では、手術を受けさえすれば、あごの部分のがんはすべて取りきれると聞いていたのだが、いくら病巣を取り除いても、あごを覆っている皮膚まで取り去ることはできないため、最終的にはかなり高い確率でそこから再発するという事実だった。

この日、1月28日は今期一番の寒波が到来して、家に戻ったちょうどその時間、初雪が降った。

「おかえり、ママ。疲れてるみたいだけど、大丈夫?」

「ううん、大丈夫だよ。イオちゃんは少し休めたかい?」

「うん。スーちゃんもアブちゃんも、ずっと傍にいてくれたからよく眠れた」

「そう。なら、よかった」

スーちゃんはピガの炭のように黒いボディーから、アブちゃんはユピの油揚げ色の毛色からイオがつけたあだ名だった。私はイオを抱き上げて、窓から東京に降る初雪を眺めた。舞い散る雪をものともせず、悠々と空を横切っていく一羽の鳥を静かに見送っていた。それからふたりでベッドに潜り込み、イオに語りかけた。

「イオちゃん、大事な話があるの。イオの病気はがんで、手術しなければあと2ヵ月で天国に行かなくちゃいけないみたいなんだ。ママ、必死でイオちゃんの生きる道を探してみたけど、もしかしたら難しいかもしれない。無理に生かすことで、イオちゃんの大切な最後の日々が苦しいだけになっちゃう可能性があるんだ。ママ、一生懸命考えてみる。でも、最後の決断はママに決めさせてもらってもいいかな?」

イオはいつものように私の右腕の中で丸くなりながら、深遠なまなざしでじっと私を見つめた。そして、ほっそりとした白い手をふっと私の胸元へと差し入れた。その手は、実際に私の皮膚を貫いて、心臓のあたりに入ってくる感触があった。

「イオちゃん……もしかして、天国に行ってしまったあと、私のここに宿ろうとしている？　それなら心配ないよ。イオちゃんと出逢ったあのとき、ママは魂の一部をイオちゃんに預けた。だからここは空いているし、あの日からイオちゃんの場所なんだよ」

イオがにっこりと微笑んだ気がした。それから、すっと眠りに落ちていった。私は声を出さずに泣きながら、その風景を心のカメラで撮影していた。そうだ。こうして一瞬は永遠になるのだ。この瞬間は、決して色褪せることのない心の印画紙へと永遠に焼き付けられるのだ。

翌朝は、昨日と打って変わって快晴の青空だった。目覚めてイオ、そしてピガとユピを見た瞬間、何かが私の中でバシッと音を立てて切り替わるがわかった。そして「手術をやめよう」そう、はっきり決めた。緩和ケアを選択して、たとえ短くても幸せで思い出深い最後の日々をイオに贈ってあげようと決心した。すぐさまここまで集めたすべての検査結果資料を持って、園田先生のところへ向かった。そして、3人のドクターのそれぞれの見解を伝えた。園田先生は、イオの瀕死の状態から今日までをずっと見守り続けてくださった。その中には〝奇跡〟と呼べるような危機の乗り越えもいくつかあった。だからこそ、こんな風に最後の提案をしてくださったのだと思う。「1回だけ手術を受けてみる、という選択肢はいかがでしょうか？　でも、1回だけです。もしも再発したら、そのときはもうしない、という覚悟を決めて」。その言葉は、イオならまた奇跡を起こせるんじゃないかという希望的観測から生まれたもので、とても嬉しかった。でも、もう私は揺らがなかった。「私は、イオのこれまで生きてきた歴史を何よりも尊重したいんです。もしも普通に幸せなイエネコとして猫生を送っていたならば、違った選択も考えられたかもしれません。でも、この子はもう充分がんばりました。捨てられた挙句の飢餓を乗り越え、糖尿病を乗り越えて、これ以上、何をがんばらせる必要があるんでしょうか。イオは今がいちばん幸せだと思います。私は幸せなままイオを天国へ送ってやりたいんです」。涙が溢れた。嘘偽りの欠片もない決意表明だった。その反面、こんなのはただの綺麗事だと思った。イオの扁平上皮がんで緩和ケアを選ぶということは、つまり自然死を待つことなど望めるはずもなく、そのまま安楽死を選ぶということだったから。こんなに愛した子を自らの手であの世に送らねばならないのだ。しかもそれは、近い未来にかならずやってくる。先生はおっしゃった。「イオちゃんは今がいちばん幸せだと思う。今、猫沢さんがおっしゃったこの言葉が、答えではないでしょうか」。安楽死——しかも、私が望んだのは、本当に苦しくなる一歩手前の早期安楽死だった。この5日間、生きる道を探し求めて精一杯やってみた。苦しかったが、それでも一縷の希望があった。ここから先は絶望の中で希望を探すという、もっと苦しいことが待っていた。でも、私は覚悟を決めたのだ。苦しみはすべて私が引き受ける。イオにはそれ以外の喜びと、幸せと、温かな愛だけを与えようと。たったひとつだけ幸いだったのは、5日間の素早い初動のおかげで、イオの今後の方針が決まり、翌週の月曜日から痛みを取るなどの具体的な緩和ケアに入れることだった。

その日の午後、なんの約束もなく坂本美雨ちゃんがやってきた。たくさんの応援物資と桜の木を1本担いで。彼女はいつも、私の懐にまるで風のように飛び込んでくる不思議な人だった。お茶を用意している間にふと見ると、リビングの日向でイオが美雨ちゃんと楽しそうにゴロゴロ寝そべっているのが見えた。そうだ、こんな時間をできるだけイオに作ってあげればいいのだ。つい今しがたまで、病との対決やら死の選択といった暗い世界とばかり対峙していた私は、彼女の振る舞いに光を見たような気がした。そして美雨ちゃんは、お母さまである矢野顕子さんがN・Yで飼われていた愛猫の、見送りの話をしてくれた。1匹目は、初めての見送りだったのもあり、離れ難くてできるだけの治療をしてしまった結果、がんばらせすぎてしまったと後悔が残った。そして2匹目は、見送りのタイミングを逃さないように……と、安楽死の覚悟を決めていたという。「だから私、エミさんが早期安楽死を選んだっていうことは、本当に辛かったと思うけど、ものすごく愛があるなと思ったの」。美雨ちゃんの天使のような美声がそう言った。そのときの私には、本当に天使がお告げに来たんじゃないだろうかと思えた。今でこそ日本中の猫飼いたちが憧れる愛猫サバちゃんも、虐待され、木に紐でぐるぐる巻きにされていたところを保護団体が発見したと知り、美雨ちゃんとサバちゃんが乗り越え紡いできた愛の深さにも胸打たれた。闇を見るのではなく、光を見よう。緩和ケアを決めた運命の日、最初にイオを見舞ってくれた美雨ちゃんは、それからイオの旅立ちの日まで、重要なターニングポイントに現れる守護天使となる。

風のように美雨ちゃんが去ったあと、一本の電話がかかってきた。細胞診をお願いしていた口腔専門病院からだった。通常、1週間から10日間ほどかかる診断を最短で出してくれるよう、病院が検査機関に頼んでくれて、5日で結果がもたらされたのだ。予想していた通り、イオのがん細胞の悪性度は高く、手術しても予後が悪いだろうとの知らせだった。あゝ……今朝、決心できたのは、こういうことだったんだなと、私は思った。そのとき、園田先生がおっしゃった言葉を思い出した。「大事なことは、この決断をするために、猫沢さんが僕ひとりの判断を鵜呑みにして決めたのではなく、4人のドクターに会って、とことんご自分で道を探されたということだと思います」。４日間、家で膝を抱えて泣きながら細胞診の結果を待っていても、駆けずり回って道を探しても、答えは同じだった。でも、園田先生のおっしゃる通り、私が自分で出した答えに心底納得できたのは、後者だったからだと思えた。

ＳＮＳではイオの扁平上皮がんについて、頻繁に書くようになった。はじめは書いてしまったことを激しく後悔した。希望のないイオの現状をリアルタイムで書くことは、まるで自分の傷口に塩をぬるも同然の行為だった。けれど次第に、愛猫や愛犬、または人間の大切な存在を失った……もしくは今まさに、失おうとしている人たちからの真摯なコメントに支えられるようになっていった。ことに動物の家族を失うことについては、〝この苦しみは飼った人にしかわからない。だから、言葉にしていなかった〟という人がとても多いことに気がついた。その頃の私は、誰にどう見られているのかなんて考える余裕は、ちっともなかった。書くことは誰かのためではなく、私自身のためだった。一日一日と死に近づいていくイオに、できうるだけの正しい選択をするために、書いた文章を外側から眺め、自分を俯瞰《ふかん》して整理することがどうしても必要だったのだ。結果、それがイオを祈るように見守る多くの人たちを集めた。まるで、それすらもイオ自身の望みであるかのように。

身近な友人たちも、時間を惜しまずに心を寄せてくれた。まだイオのがんの進行がそれほど速くなかった3週目頃までは、彼女の体調を見ながら疲れない程度の時間で、よく午後のお茶会を開いた。それを私たちは〝イオちゃんの女子会〟と呼んでいた。イオの保護当時から助けてくれた友達を中心に、イオにゆかりのある人々を招いて楽しく過ごした。前職がバーのホステスだったからなのか、イオはおもてなし上手で、自分のために訪ねてきてくれる友達にかわいがってもらえてとても嬉しそうだった。ちょっと時間が長引いたときなど「イオちゃん、もうベッドで休んでなさい」と連れて行って寝かせても「だいじょうぶ」と、トコトコ歩いて戻ってきてしまうなんてこともよくあった。このお茶会には、できるだけイオが元気なうちに、きれいな姿のイオをみんなの記憶に留めて欲しいという私の願いが込められていた。扁平上皮がんが進行して、かわいらしい顔が崩れてしまう前に。それと、私自身の正気を保つために開かれている側面もあった。ひとりでばかりいると、死の影に覆われて気が狂いそうだったこの時期、イオの病気について触れようが触れまいが、誰かがいてくれて会話ができることは、私にとって救い以外のなにものでもなかった。

こうしてイオに心を寄せてくださった友人の中には、石田ゆり子さんもいた。ゆり子さんは去年のクリスマスイヴの前夜、仲間たちと我が家の夕食会にやってきてイオにも会っていた。今思えば、イオががんを発症する直前の、猫生最後の健やかなときに会ってもらえて本当によかった。ゆり子さんも美雨ちゃん同様、忙しい仕事の合間を縫って、フットワーク軽くイオに会いに来てくださった。「猫ちゃん（と、ゆり子さんは私を呼ぶ）にもこれ」と置いていってくださった手土産の中には、酵素のペーストや、ビタミンDの錠剤などがあって、イオの介護で体力的にも厳しかった私のことまで気遣ってくださるのが心に沁みた。

緩和ケアに入ったイオは、医学的にもがん細胞の増殖を抑える成果が出ている濃縮ビタミンCの点滴と、インターフェロンを週1回投与することになった。それと同時に、そろそろ始まりつつあったがん病巣の痛みを緩和する痛み止めが処方された。濃縮ビタミンCもインターフェロンも、それ自体でがんを消滅させることはできなかったが、少しでも進行を遅らせて、一日でも長くイオが快適に過ごせるようにと選んだ手段だった。抗がん剤の一種でありながら、副作用のないインターフェロンを使うことには大賛成だった。しかし、副作用の激しいほかの抗がん剤を使う選択肢は、はじめからなかった。そもそも、扁平上皮がんには通常の抗がん剤はおろか、放射線治療も歯が立たないということはすでに知っていた。私に残されていた願いはとてもシンプルだった。根拠のない情報に惑わされて、無闇な希望を抱かないこと。延命のために、苦しい治療を選ばないこと。そして、時が来たら躊躇なくイオの手を離してやること。わかってはいても、その受け入れは筆舌に尽くし難い苦しみだった。同じがんでも、このがんでなければ……もっと進行が緩やかで手立てを探す時間が与えられたなら、イオを生かすために私はどんなことだってしたはずだ。でも、イオが罹ったのは、自然に逝くことすら難しいがんだった。私だって、選べるものなら自然死を選びたかった。でも、そうすれば壮絶な最期をイオに与えてしまうことになる。安楽死の選択は、ただそれを見たくない私の逃げなんだろうか？　そう、何度も考えた。猫たちのいる前では努めて笑顔で過ごしていた私は、辛くなるとベランダに出て、獣が唸るような声を押し殺して泣いた。そんなとき、私の血液は指先まで怒濤の勢いで流れ、折り返す瞬間、真っ青に色を変えた。その、見たこともない哀しみの深い青は、全身を震わせながらどこまでも沁み込み、また新しい哀しみを連れてくるのだった。

緩和ケア開始からの3週間は、濃縮ビタミンCとインターフェロンががんの進行を遅らせてくれているようで、口元の腫瘍もさほど目立たなかった。訪ねてくる友人たちは、一見元気そうなイオの姿に安堵して、私自身も「案外このまま半年くらい保って、あわよくば一緒にパリへも行けるんじゃないだろうか」などと夢を見てしまうほどだった。イオが食べるごはん量は格段に少なくなってはいたが、水もしっかり飲めていたあの頃は、毎晩、海外のジャズ専門のラジオチャンネルで静かなピアノジャズを聴きながら、みんなで夜の猫集会を催していた。猫は互いの近況報告をするために、夜になると集会を開くといわれている。集会とはいっても、ただ近くに集まって、ときどき目配せしたりする物静かな会なのだけれど、私には3匹の心の声が聞こえるようで、毎晩とても賑やかだった。


「イオちゃん、今日は調子がよかったみたいだね」

「うん。スーちゃん、いつもお昼寝のときに見守ってくれてありがとう」

「ボクもいたよ。兄ちゃんと交代で、いつもイオちゃんの傍にいることにしてるから」

「うふふ。アブちゃんはスーちゃんと違って、いつも先に寝ちゃうけどね」


ピガとユピにはなんの説明も要らなかった。イオが病気であることは、彼女の腫瘍が放つ強烈な匂いから物理的にも感じ取っていただろうけれど、それ以上に、動物の本能と一緒に暮らした連帯感で、イオが正常ではないことをすでに理解していた。イオががんになってからというものピガとユピは、イオの傍にかならずどちらかがついて見守るようになっていた。その交代制の見守りローテーションは、人間の私が見ていても驚くほどよく連携がとれていて鮮やかだった。日中、ピガがイオの見守り担当になった日は、夕方頃にユピのところへやってきて、鼻をくっつけて情報交換後、ユピがピガのあとを引き継いで夜間の見守りに入る、という具合だった。私を含めた我が家のメンバーをSNSで「猫沢組」と呼んでいたが、これはイオがヤクザの姐さんみたいに仲間としての契りを交わしたあの日、命名したものだった。私たちはひとつだった。そして、最期のときまで、イオをかけがえのない家族として見守ろうとしていた。

緩和ケアから3週間を越えたあたりから、イオの腫瘍はその本性をあらわにし始め、今や猛烈な勢いで日増しに大きくなっていた。体内にできる内臓系の腫瘍ならば肉眼で見ることもないのだが、このがんの場合、否が応でもむき出しの腫瘍が見えてしまうことで飼い主の心が折れるとは聞いていた。もちろん私も、見るのは辛かった。ましてや女の子であるイオの顔面左半分が、すでに大きく歪み始めていることは、彼女の女性としての尊厳を傷つけられるようで胸が痛んだ。でも、がんに負けたという気持ちはなかった。腫瘍すらもイオの一部として受け入れるかのような超越した心持ちで、それでもイオは美しいと思っていた。イオの持っている内面の美しさは死に至る病になっても、何ひとつ変わらなかった。イオの尊厳を守るため、写真を撮るときも、SNSにアップする写真を選ぶときも、決して腫瘍の部分が見えない角度にしていた。

1月24日のがん告知から28日目、2月20日のことだった。朝目覚めたとき、一緒に寝ていたイオが震えているのを見て、私は、あゝ……ついにこの時が来てしまったと覚悟した。ここまでの約1ヵ月、イオとの最後の日々を丁寧に愛おしく過ごしながらも、安楽死のタイミングを逃してはいけないと、かつてないほど自分を追い詰めていた。いつイオが急変するのか……そればかりを考えて、私はほとんどノイローゼのような精神状態に陥っていた。震えるイオを胸に抱いて「イオちゃん、覚悟はできてるよ。もう、向こうに行きたい？」などと話しかけた。するとイオは急にスクッと立ち上がり、ピガとユピに「おはよう！」の雄叫びを上げたかと思うと、スタスタと確かな足どりでごはんのある洗面所へ向かい、猛烈な勢いでカリカリを食べ始めた。「まずいわ！　ママに殺されちゃう」このときイオの心境は、さしずめこんな感じだったと思う（笑）。

あとで知ったことだが、このときのイオの体中では、急激な筋力の低下や血中の電解質濃度の低下などが起きていて、苦痛もなく無意識に震えていたようだ。イオがまだ生きていたいときは、こうして生きる意志を見せてくれるのだと知り、私は考え方を変えていった。そして、園田先生にこうお願いした。「イオがもう健やかに過ごせないと、先生が医学的な見地から判断されたら、どうか躊躇なく私に教えてください」と。「わかりました」と先生はおっしゃってくださった。一気に肩の荷が下りた。あまりの安堵感で、膝が折れてしまいそうだった。そして先生はこう続けた「決めなくていいんだと思います。そして、もしも猫沢さんがイオちゃんともう少し一緒にいたいと思えば、それが正解なんですよ」。きっとわかるのだ。そして、イオも先生も教えてくれるのだ。そもそもはじめから、私が決めるようなことではなかったんだ。これまでも、一日一日を大切に過ごしてきたつもりだったが、その日からは今日のことだけを考えるようになった。今、この一瞬だけを見つめよう。イオはまだ生きているのだ。死の世界側から生死の境界線を見つめるのではなく、生きているこの世界からイオの命を見続けよう。その境界線を越える一瞬まで、イオは生きて輝くのだから。

この頃、イオがたびたび腫瘍の痛みに堪えるような仕草を見せ始め、一日中貼り付けておけて、3〜5日間、効力のあるフェンタニルパッチに切り替えた。フェンタニルは、がん疼痛治療の最もハイレベルな段階にも使われる、モルヒネの292倍という強力な痛み止めだ。しかも通常の生活にはほとんど支障をきたさない。手術後の痛みや、がん以外の様々な病気に伴う疼痛を緩和する目的でも使われるフェンタニルの使用に対して、私はなんの躊躇もなかった。すでにあごの骨の溶解が始まっていたので、イオが楽になることを最優先にしたかった。日本橋動物病院ではあいにく在庫がなく、取り寄せるまでに時間がかかりそうだったので、園田先生の了承を得て、ペインコントロールのみ東京猫医療センターの服部先生にお願いすることにした。フェンタニルパッチに替えてからは、イオの寝顔に健康だった以前のような安らぎが戻ってきて、私はまたひとつ安堵した。

毎日が、そのときベストだと思う答え探しの連続だった。しかしその答えは、世界のどこにもなく、誰も知らないひとり禅問答だった。ときおり降り注ぐような多幸感に包まれたかと思えば、突然底なしの闇に突き落とされる……その繰り返しだった。何もかもひとりで抱え込んでいた私は、ある夜、本当に狂ってしまいそうな危機感に襲われて、私がピキとパリに渡った当時つきあっていた元彼に助けを求めた。元彼はガールフレンドと近所に暮らしていて、今は家族的な付き合いのいい友達だった。彼は私と共にピキを見送った経験があったし、ピガとユピの幼少時代もよく知っていた。母の臨終時、下の弟がひとりで母に付き添った夜の翌朝、「頼むから誰か一緒にいて欲しい」と言ったのを思い出した。ひとりで死に対抗するのは、これが限界だった。いくら仲のいい友達からの申し出があっても、死の床に付き添うには、一切気遣いをしなくていい家族レベルの関係が必要だった。そして不運にもコロナ禍で、日本での長期滞在ヴィザのない外国人の入国は許されず、フランス人の彼がいくら来たがっても不可能だった。元彼はガールフレンドに事情を話し、私はフランスの彼に了承を得て、その夜からしばらく家にいてもらうことになった。イオが真夜中に急変しても、ふたりいれば落ち着いて対応ができると思うだけで、私はやっとまともに眠れるようになった。そして、いつでも人と話ができるということが、どれだけ気を紛らわしてくれるのかもしみじみ感じた。彼のガールフレンドも、私の彼も、決して心穏やかではなかったはずなのに、ひとつの命の見送りにおおらかな理解を示してくれたことを心から感謝した。今やイオの存在は、人と人との垣根を取り払い、彼女を見守ろうとする周囲の人々をひとつの大きな家族へと変えていった。

猫楽園と天国タクシー

元彼の滞在で、私はようやく闇から解放され、本当の意味でイオとの優しい時間を味わえるようになった。毎朝、私の腕の中で眠るお姫さまへの目覚めのキスから一日が始まった。それから体調がよければ、イオみずからリビングに出てピガとユピとの静かな朝の猫集会。気持ちのいい静かな音楽をいつも流して、騒がしいＴＶはニュースをチェックする程度だった。イオはもうほとんどごはんを食べられなくなっていたが、ちゅ〜ると高カロリーペーストを混ぜたものは朝晩スプーン１〜２杯ほど食べてくれた。私はそれを〝妖精のごはん〟と呼んでいた。ごはんも水もイオが欲しがるだけ。それ以上、無理強いすることはしなかった。食後は朝と晩に１回ずつ温めたガーゼタオルで清拭《せいしき》して、そのあとはやわらかなゴムのブラッシンググローブで優しく毛並みを整えた。口元の腫瘍は、猫が舐めても安全なオキシドールをお湯で濡らしたコットンに含ませ、一日何度も拭いて清潔を保った。血の混じったよだれの量は日に日に多くなり、イオが移動するたび部屋のいたるところに匂いの強いシミができたが、彼女の動きを制限するようなことは決してしなかった。一日のほとんどを私のベッドの上で過ごすようになっていたので、シミも当然そこかしこにできたが、寝具は毎日丸洗いしては乾かした。誰が訪ねてきても、言われなければ扁平上皮がんの子がいるとはわからない清潔度、そして、こまめな換気でいつも新鮮な空気を部屋に満たしていた。ケアに関しては病院さながらだったが、それ以外は、イオが元気なときと何ひとつ変わらない我が家の雰囲気作りを心がけていた。そんな我が家を、私は猫のホスピス「猫楽《ねこらく》園《えん》」と呼んでいた。ここには優しくてイケメンな猫の看護師もふたりいて、イオをひとりぼっちにする時間はいっときたりとてなかった。イオが最後に見つけた安住の地。そして、彼女の猫生でおそらく初めて持った家庭は、イオが心から願って愛したこの世の天国だった。特別なこと、難しいことは何ひとつなかった。イオにしていたことは、いつか私もこの世で最後の時を過ごすなら、こんな風にして欲しいと思うことだけだった。そんな猫楽園の投稿を見たゆり子さんから、LINEのメッセージが届いた。「私もイオちゃんみたいな最後を過ごしたい」と。その言葉は、私にとって何よりの励ましだった。そうしてたびたび交わしていたゆり子さんとのメッセージの中で、こんな話があった。「私が逝くときは、これまで見送った動物たちがみんなひとつのタクシーに乗り込んで、賑やかに迎えに来るの。それを〝天国タクシー〟って呼んでてね。そしたら死ぬのは怖くない。むしろ、ちょっと楽しみだなって思えるの」。天国タクシー……とてもいいな。

きっとイオを迎えに来るタクシーの運転手は、キリリと帽子を被ったシックな制服姿のピキだ。ゆり子さんちの先輩たちも一緒に迎えに来るって言っていたから、きっと70年代のクラシック・キャデラックみたいな豪華な車だな。真っ白でピカピカに磨き上げられていて、シートは《となりのトトロ》のネコバスみたいにふかふかだ。イオはみんなに「かわいいね」って言われてちやほやされながら、年中晴れて気持ちがいいハワイみたいな天国へ楽しく旅立つのだ。

3月3日、ひな祭り。朝、もうだいぶ動くのも難しくなってきたイオが、自らリビングにやってきて、ユピとピガにそれぞれ頭を垂れた。それを見た私は、胸をつかまれるような気持ちで、イオが「猫沢組」を結成したあの日の風景を思い出していた。イオはまずユピの足元で、次にピガと対面で丁寧に頭を下げた。イオの全身から「ありがとう」という感謝の気持ちが溢れていた。ピガとユピは神妙な面持ちで、そのメッセージを静かに受け取っていた。それは同時に、「さようなら」の儀式にも見えた。礼節を重んじるイオは、まだ動けるうちに、自分自身の言葉（猫としての態度）で、ふたりに限りない感謝を伝えたかったのだと思う。私は心静かに、イオの旅立ちの日が近いことを悟った。それからイオは、しばらくユピとふたりきり、静かに佇んでいた。ふたりは愛らしい恋猫たちだった。そしてユピは、イオの最後の恋猫だった。イオに家族をあげることはできると思っていたけれど、まさか恋猫まであげられるなんて。私はそっとその場を離れて、しばらくふたりきりにした。何を話していたのかは、聞かないことにした。聞かなくてもわかるし、それはふたりだけの大切な宝物だから。特にこの世に遺されるユピにとっては、今日イオから受け取った愛が彼の一生を照らし続けるだろう。もしかしたら今年はもう祝えないかと思っていたひな祭りに、イオがいてくれて本当に嬉しかった。私は雛人形と春を告げるミモザを飾り、寿司桶いっぱいにちらし寿司をこしらえて、おんなの子の日のイオを祝った。もちろん、イオはひと口も食べられなかったけれど、そのぶん、私が泣きながらたくさん食べた。

3月4日、晴れ。この日のイオはとても調子がよくて、朝からリビングにトコトコやってきて、3匹仲よく日向ぼっこを楽しんでいた。夜は、いつものようにみんなでジャズを聴きながら猫集会を楽しんだ。イオが自力で猫集会に参加したのは、この夜が最後となった。優しく寄り添うピガとユピに囲まれたイオは、嬉しそうにしっぽを揺らしていた。

3月5日、晴れ。イオがピガとユピに付き添われながら、ベランダへ出た最後の日。イオは「お外はもう、うんざり!」とでも言っているかのように、めったにベランダへは出ない子だったけれど、ピガかユピがいれば安心して外の風を楽しんでいた。それは、イオがふたりを信頼している証拠だった。この日、昼間の見守り担当はユピ。

3月6日、日本橋動物病院へ。イオは自力でまだトイレに行けていたが、トイレの周辺で粗相をすることが多くなっていた。それで、拭き取ったおしっこを嗅いでみるとまったく匂いがしなかったので、腎不全になってはいないかと心配して血液検査をしてもらった。糖尿病の状態を知るグルコースの値は156㎎／dL（正常値は70～148㎎／dL）と標準値よりも少し高めになっていて、もともと持っていた貧血も進んでいた。食べていないことによる肝臓の数値も上がっていることがわかったが、どれも致命的ではなくほっとしたのもつかの間、園田先生から「イオちゃんとのお別れの時は、そろそろかもしれませんね」と告げられた。私から先生に頼んでおいたのにもかかわらず、現実になると自分を見失うほどうろたえて、自分がそのとき何を話したのかは覚えていない。でも先生のおっしゃってくださった言葉は今でもはっきりと覚えている。

「こんなことを申し上げるのは、結果論でしかないとは思うんですが……イオちゃんの手術をやめたことは正解でした。これまでの進行の速さを見ると、もし手術を受けていたら、下手をすれば術後2週間の入院中に、もう再発が起こって苦しみしかない最後になってしまっていたと思います。動物は、今幸せであることがすべてなんです。だから、もしも手術を受けていたら、あれだけがんばったイオちゃんが過ごした幸せな日々が、その苦しい記憶で消されてしまっていたかもしれません」

おそらく、私の選択は正しかった。でも、それをわかっていても、私のすべてがイオをこの世から消し去ることを、全力で拒否していた。家に帰って、ベランダの壁に額を押し付けて泣いた。「受け入れろ」と自分に向かって何度も言い聞かせた。イオの最後通達が来たことを、フランスの彼に報告した。泣きながら「その瞬間に、イオの手を本当に離してやれるのか、怖い」と言うと、彼が「こんなにも深くイオを愛しているエミになら、きっとできる」と言った。

3月7日、曇り。朝、雄叫びを上げながらイオがトイレへと向かう。もうかなり弱ってきているにもかかわらず「人様に下のお世話はさせないわ！」というイオの気高い心意気に胸が熱くなる。トイレの横に粗相をしてしまったが、私はそれに〝イオの泉〟という名前をつけた。トイレ以外は、もうほとんどの時間をベッドの上で過ごしていて、ゆっくりと目を開けたり閉じたりしながらフランス語教室のリモートレッスンに耳をそばだてている。これも今では、慣れ親しんだイオの日常の音楽なのだ。私は最後まで、この音楽を奏でようと思う。イオの腫瘍はすでに左の首全体にまで広がって、気道が狭くなってきているのを感じる。幸いにも痛みはなく、苦しそうな様子もない。この日、坂本美雨ちゃんから美しい和バラの花束が届いた。可憐なバラたちに、イオとふたりで憩う。この和バラたちは数日後、イオの死の床を飾る花々へと変わる。

3月9日、晴れときどき曇り。夜、イオがボウルから水を飲もうとする様子を見ていたら、張り出した腫瘍が邪魔をしているのか、もう、うまく舌が出せないことがわかった。それで、バスルームに連れて行き、上を向かせてシリンジで水をあげるとおいしそうに飲んでくれた。ユピが横にぴったりと張り付いて「イオちゃん、がんばれ！」と声をかけ続けてくれた。イオが落ち着いてから、いつものようにみんなでジャズを聴きながら夜の猫集会を催す。イオはもう自力では参加できないから、普段はカウチの下に置いてある猫ベッドに寝かせた状態でリビングに置いてあげた。3匹が輪になって静かに語り合う姿を、私はひとりベランダから眺めていた。サッシに切り取られた四角いフレームの中には、心を通わせた三つの命が睦み合う、尊い風景が映し出されていた。私はイオの旅立ちを予見して、明日からのフランス語のレッスンを休講にした。

3月10日、曇りのち晴れ。日本橋動物病院は休診日だったが、時間外診療でイオに点滴をしてもらう。濃縮ビタミンCを打っても、ほぼ効力がなくなった。以前なら目に見えて活力がみなぎり、ごはんを食べられるようになったのだけれど。午後、編集者のベッチこと田辺真由美が『ねこしき』の最終校正のため、原稿を携えて家に来た。ベッチはここまでのイオと私を最も近くで見てきた友人のひとりでもあった。ギリギリの精神状態だった私を限りなくサポートしてくれて、新刊本の責了まではあと一歩だった。「ねこやん（とベッチは私を呼ぶ）は、私がチェックした箇所にハイかイイエで答えるだけでいいから」と、リビングのソファにふたり並んで作業をした。ときどきベッドに横たわるイオの様子に目をやりながら。たぶん、ベッチにとってもこれがイオとの今生の別れになる気がしていた。イオに別れを告げたベッチが帰るとき、玄関先で固く抱き合った。夜、床に寝転がってイオにありったけの愛を伝える。どんなに言葉を重ねても足りないほど、私は永遠にあなたを愛している、と。

3月11日、快晴。本が責了して、昨日からヴァカンスを取ったので、心置きなくイオと一緒にいられる。朝、東京猫医療センターでフェンタニルパッチを取り替え、点滴をしてもらう。センターの待合室で、イオの口の横から舌が出ているのに気づく。無理に口を開けさせたりしないので、本当のところはわからないが、たぶん腫瘍で押し出されているんだろうと思う。もう、本当のことなんて、何ひとつ役に立たなかった。家に戻ってイオと、お昼寝をする。いつものように私の頬にぴったりとおでこをくっつけて眠るイオから、「ママにすべてを任せたよ」という全幅の信頼が沁み入るように伝わってくる。イオちゃん、闘ったねえ。共に闘った。私たちはジャンヌ・ダルクみたいだったよね。午後、フォトグラファーの関ちゃんこと関めぐみちゃんが来て、イオ生前最後の写真を撮ってくれた。イオはおしなべて落ち着いて、安定していた。

夜半過ぎだった。突然イオがあごを上げて、苦しそうに息をつき始めた。のどまで広がった腫瘍が気管を塞ぎ始めているのだとわかった。フェンタニルで痛みはブロックされていても、物理的な気管の圧迫は防ぎようがなかった。イオが目に涙を滲ませているので拭いてやると薄く血が混じっていた。あゝ……もう、腫瘍は眼球の裏にも広がって、圧迫を始めているのだ。なぜ昨日、送ってやらなかったのかと一瞬自分を責めたが、つい今しがたまでイオは、穏やかだった。これが、本当の最終期の入り口だとわかった私は、ここから先は一刻も早くこの子を楽にしてあげなくてはとパニックに陥った。ずっと泊まり込んでいる元彼と、イオの状況如何《いかん》では夜間の緊急動物病院での見送りもやぶさかではないと話したが、そもそもここまでのイオの経過もわからない、カルテもない病院で安楽死など施してもらえるとは到底思えなかった。

園田先生からも、夜間に急変した場合の選択については注意を促されていた。夜間の緊急病院は、あくまでも延命を目的にしているため、無闇に行ってしまうと心臓マッサージや人工呼吸器を装着されたりと、望み通りのお別れができなくなる場合が多い、と。それでも、午前2時を回る頃には堪え難くなって、控えていた電話番号に何度も電話をしてみたが、どうしてもつながらなかった。元彼が「イオが、そんなことしなくていいって言ってるんじゃないのかな」と言った。そうかもしれない。イオの旅立ちは、イオの命を見守ってくださった園田先生にもう頼んである。そして、旅立ちの場所は、イオが愛した我が家――猫楽園からと決めていた。ピキのときは望んでも難しかった、温かな空気に包まれた我が家からの出発を。朝方までイオを動かさないように見守っていたけれど、少しだけ落ち着いてきたのを見計らい、ふたりでベッドに入っていつものように腕の中に寝かせると、急に立ち上がり、よろよろしながらもリビングの方へ歩いて行った。慌ててあとを追いかけると、しばらくリビングの真ん中で佇んでいる。きっとトイレに行きたいのだなと思い、抱き上げて連れて行ってみたが、おしっこもせず、そのままもといた寝室に引き返していく。私も引き返すときに気がついた。さっき佇んでいた場所に、大きな水溜まりができていた。「イオちゃん、よかったねえ。すっきりしたね」と声をかけ、温かいタオルで下半身を拭いてから、ぴったりと頬を寄せてふたりで横になった。そういえば夕方頃、イオは何日ぶりかわからないほどひさしぶりにうんちもしていた。ちっちゃなロケットみたいなやつを三つ、スポン！　スポン！　スポン！　と勢いよく出した。そうか……体の中を空っぽにして、身軽になったほうが飛んで行きやすいもんね。

朝の薄い暗がりの中、私は胸に抱いたイオの寝顔をいつまでも眺めていた。やわらかな白い体毛、思慮深い目の輪郭、人によく褒められたほっそりと華奢な前脚、小さなおてて。あの夏の日の新宿で、汚れて荒みきっていたイオは、もうどこにもいなかった。体重は3.5kgまで落ちていたが、それでも拾われたあのときに比べれば、ずっとふくよかだった。イオの周りに、美しい雨のような不思議な光が降り注ぐのを見た。私は「さあ、そろそろ天国タクシーのエンジンを温めておいてちょうだい」と、ピキに伝えた。

朝、イオの体をすみずみまできれいに清拭して、楽な姿勢にしてやると、呼吸が落ち着き始めて、のどをごろごろ鳴らしながら穏やかな表情になった。もう、待てなかった。昨夜の発作は最終期の入り口に立ったイオの最初のシグナルだったが、二度とあの苦しみは味わわせるつもりはなかった。呼吸を整え、日本橋動物病院に電話をかけて、往診での安楽死を依頼した。通常ならば、診療時間が終わった夜8時以降に先生が来てくださるのだが、昨日の発作の様子を詳しく伝えて、午前中の診療後に来て欲しいとお願いした。もし躊躇して夜まで待てば、確実に次の波が来てしまうだろう。先生の到着時刻は、午後2時と決まった。あれだけ恐れ、答えを欲しがった見送りのときが、もう目の前まで来ていた。がんの告知を受けてから、たったの48日だった。これまでの人生で最も苦しく、尊い日々が走馬灯のように蘇っていた。私はベランダに出て、空に向かい「タクシーを1台お願いします」と正式に依頼した。それからは、ずっとみんなでイオの周りを取り囲んでいた。猫楽園にはイオの好きな優しいピアノジャズが絶えることなく流れ、ピガとユピ、そしてここまでイオの旅立ちの伴走に付き合ってくれた元彼もいて、イオは終始ごろごろと穏やかにのどを鳴らし続けていた。先生が到着する予定の午後2時少し前だった。急にユピが、イオのいる寝室を壁伝いに雄叫びを上げながら周回し始めた。そして窓際に飛び乗り、空に向かって「にゃあああん」とひと声高く鳴くと、イオの方へと振り返った。

「イオちゃん、天国タクシーが来るよ！」

ちょうどそのとき、曇天の空に太陽と同じ大きさの穴が開いた。それはまさに、天国タクシー

のために開かれた、まばゆい光のゲートだった。

2021年3月12日、金曜日。午後2時12分。

何ひとつ普段と変わりないこの部屋から、イオは天国へと旅立った。園田先生がイオの腕に注射針を刺したときでさえ、彼女はごろごろとのどを鳴らし続け、命の恩人に最後まで「ありがとう」を伝えていた。私はイオの体を後ろから包み込むように抱き締めて、愛しい娘の魂の波動がすっと消え去るのを感じていた。イオの心臓は、微笑みながら永遠に時を止めた。ほんの数秒の出来事だった。あまりにもあっけなく、穏やかで、安らぎに満ち満ちていた。美雨ちゃんがインスタライブでイオのために捧げてくれた歌は、天国タクシーに乗り込んだイオと、その運転手ピキが、天国までのドライブ中に嬉しく聴いていたはずだ。

イオの旅立ちから3日後の3月15日、8年前に出版したこの本の旧版装幀デザインを手がけてくれた親友・真舘嘉浩さんが、胃がんのため急逝した。享年58歳だった。

それから5日後の夜だった。真夜中、家の向かいのスーパーへ行くと、入り口にイオと真舘さんが佇んでいた。並んで、ただ静かに微笑んでいた。何を捧げればふたりの魂が戻ってくるのかと、私はその場に崩折れ、泣いた。

ふと、夜の静寂《しじま》から声が聞こえた。

「幸せだったな」

「うん。とっても」

そのときだと思う。生に向かって、私が再び歩き始めたのは。

Rencontre avec le vétérinaire de la famille Necozawa.

猫沢組の主治獣医に聞く
── 飼い主・動物共に幸せな最後を迎えるために

ピキ、そしてイオを看取った
日本橋動物病院・院長の園田開先生に伺う
動物としての命の尊厳について。

園田 開先生　Kai Sonoda

獣医師、日本橋動物病院院長。岩手大学獣医学課程卒業。動物の立場に立ったわかりやすい説明に定評がある。病気の内科治療、一般外科や整形外科だけでなく、予防についての相談なども受け付けている。

猫沢（以下、N）　以前、この本の旧版出版の際にお話を伺ってから、早8年が経ちました。当時と比較した、現在の日本の動物に対する倫理観について、まずはお聞きしたいのですが。

園田先生（以下、S）　日本での動物に対する基本的な倫理観の変化というのは、あまり感じていません。ただ、飼い主さんの中で意識を持った方は出てきているという印象があります。猫にしろ犬にしろ、人が動物と向き合ってきた歴史がありますが、日本では歴史的な背景も相まって、人と動物を分けて考える力が弱い気がするんです。動物を動物だと見てあげる必要があるというか。

N　あゝ、擬人化したりしないってことですね？

S　ええ、そうです。たとえば、ヨーロッパでは、犬なら狩りにしろ、番犬にしろ人と歩んできた歴史がありますが、日本では違います。逆にそれをマイナスと捉えるのではなくて、日本独自の倫理観へ変わっていくのかなと。犬よりも自由な存在として人と向き合っている猫の飼い主さんには、この倫理観はむしろ高い方が多い気がします。それは、そもそも猫が群れない動物で独立しているので、猫ときちんと距離感を保った関係でいられるからかもしれません。

N　この物語の本編にも出てきますが、パリで経験したフロランスとの命についてのやりとり（P.70）は印象的でした。ヨーロッパには、こうした人と動物を別の生き物として理解したうえでのリスペクトが当たり前ですが、

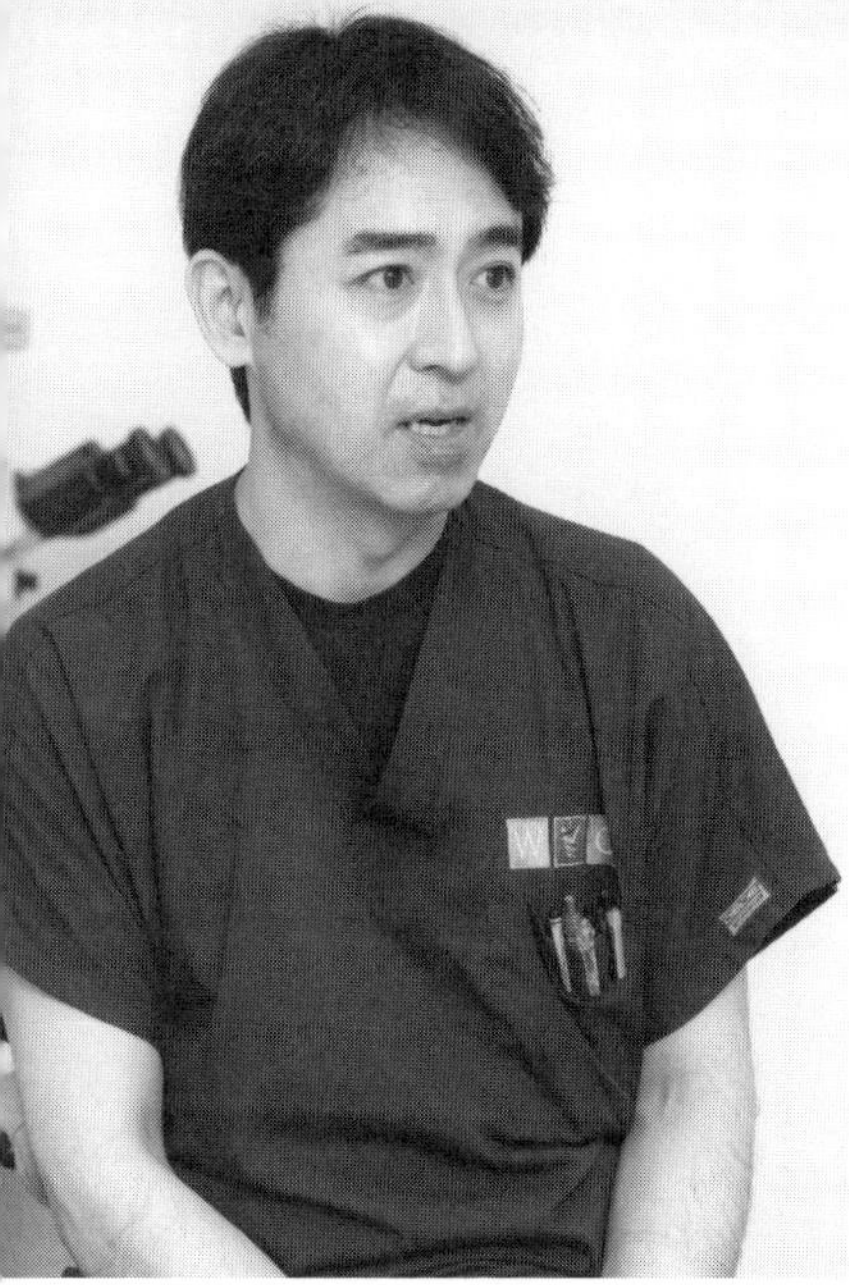

日本だと私たちが持っている感情移入の強さも手伝って、なかなか切り離して考えづらいですよね。

S　そこが今日のテーマでもある〝動物の看取り〟という部分にも深く関わってきます。人は人、動物は動物、という線引きが曖昧だと、動物も飼い主も苦しい世界へ入ってしまう。看取りの際にはこの擬人化が双方を苦しくもし、逆に動物を動物と見てあげることで、お互いがかなり解放されるんです。なにかと一緒くたに同じ「命」という枠で見られがちなんですが。たとえば人間の親の看取りがこうだったから、猫にもそうする、という方がときどきおられるんですが、やっぱりそれはちょっと違うと思うんですね。人と動物はそもそも違う。そして、個々としてももちろん違う。最後の場面で大切になってくるのは、個々の生き方や特徴を尊重してあげるっていうことなんです。

N　先日まで大変お世話になったイオは、出逢いから旅立ちまでがほぼずっと闘病生活のようでした。でも、中には糖尿病の寛解など希望もあったりして、とても幸せに暮らしていたところからの急転直下だったので、イオを亡くしてから、深い哀しみの時期がありました。でもふと、その哀しみは「1年半しか一緒にいられなかった」っていう、人間の時間軸で彼女の人生を見ているからだと気づいたんですよね。猫の場合、多くの子が長生きでも20歳以下でこの世を去ります。動物と暮らすということは、自分より先に逝ってしまうことが約束されている子どもと暮らしているようなものです。でもやっぱりそこには、人間の時間の尺度だけで長短を決めているることで苦しくなる何かがあると思いました。ＳＮＳに寄せられた多くのフォロワーさんの苦しい声に、看取った経験のある方のほうがより「今の子がどのくらい生きられるのかを考えると怖い」というものが多かったんです。どう答えてあげればいいのか悩みました。そこで私が考えたのは「今を見ること。今日を豊かに過ごすことだけを考える」ということでした。動物たちがそう生きているのだから、私もそう生きればいいと。彼らの時間軸を人間側に寄せないで考えようと。

S　そうですね……。看取り方は、人それぞれの生き方があるように、個々の数だけあります。その際には送る側の人間が、どういう気持ちで見送るのかがとても大切なんです。よく飼い主さんで「この子さえよければ、私はどうだっていいんです」という方がいらっしゃるんですが、それは大抵の場合、ちょっと危ないんですね。これはある一例でしかありませんが、椎間板ヘルニアの治療で来られていた犬の飼い主さんが、ご自分では「うちの犬は便秘だ」とおっしゃっていたんです。でも、実際に治療に入ると犬はよくなるんですが、飼い主さんは納得なさらない。それで、「便秘」だと言ってくれる獣医に出会うまで病院を渡り歩くと。これはひとつの例でしかないですが、これと似たようなことがよくあります。

N　ええーーっ?!　それって、飼い主さんご自身が思い込んだ病気の診断を求めて彷徨うっていうことですか？

S　ええ、まあそうですね。獣医と飼い主さんの信頼関係や、互いの話が理解できないと、ご自分の考えが絶対だという結論になる場合が多いかなと。これは、看取りにもつながることなんですが、はっきり言えば、動物医療の現場で誰が満たされなくてはいけないのかというと、まずは飼い主さんなんです。結局「この看取りはよかった」と感じるかどうかは人間自身のことなので。いくらほかの人に「この子はこれでよかったんですよ」って言われても、飼い主さんご自身が納得されなければ、やっぱり報われないですから。医療的にも適切だったし、これ以上の手は尽くせなかったといくら説明しても、納得されない場合は後悔が残るでしょうし。結局、誰が満たされなければいけないのかを考えていくと、飼い主さんなんですよ。でもだからこそ、動物医療の看取りの現場では、そこへ向かってどう僕ら獣医がアプローチしていくのかが、とても重要なんですね。そこでやはり大切になってくるのが、看取りの現場での獣医師と飼い主さんとの信頼関係なんです。最期の場面で、ご自分の愛しい子に聴診器を当てている獣医師が信頼できる人なのかそうでないのかでは、印象ががらりと変わると思います。獣医師を信頼できないようなら替えてみるとか、あるいはもう少し信頼してみようとご自分の視点を変えてみるとか。

N 今回のイオのがんの宣告時では、まだ検査前でしたけど、園田先生が判断された「扁平上皮がん」という診断を、私がすぐに受け止められたのは、やっぱり先生への信頼があったからだと思うんです。その結果、救えないがんだとわかって残念ではありましたが、素早く緩和ケアに入ることができました。実際、イオの生きる道を探した4日間の必死さは、それ以外のことなんてひとつも考えられない追い詰められた心境でした。そんな一大事のときは、先生との信頼関係を作っている余裕なんかないんですよね。だから、普段からそうした先生を見つけておくというのは何より大切ですし、辛い現実に直面したとき、獣医さんは飼い主の大きな心の支えになってくれる存在ですから。ところで今回、イオを亡くして強く感じたのは、経験値は哀しみを楽にはしないということでした。ピキを見送った経験があるので、うろたえたりしないと思い込んでいましたが、実際はイオにはイオの病があり、歴史があり……と、ピキのときとはもちろんまったく違う状況と愛情で、その哀しみの深さに自分でも驚きました。

S 残念ながら、愛した子が亡くなるときの苦しさは、毎回新しく鮮烈にやってきます。なぜでしょうね。思い出が積み重なって、より深く感じるようになるからかもしれませんね。でも、僕も含めて生き物はみな、いつかかならず死にます。そのことを受け止めて、お互いに毎

日を大切に楽しく過ごしていこうっていう気持ちが大事なんだと思うんです。

N　「死を受け止める」という部分でも、人と動物は違う生き物だという線引きは大切になってきますか？

S　そうですね。先日こんなことがありました。うちの病院のすぐ近くで、野生のスズメのヒナを見つけられた方がいて。人間のお医者さまの男性と、その看護師さんだったんですが、野生のヒナは拾ってはいけないという環境省からの指導を、その方はご存じなかったんですね。それで、ヒナには触れられないと伝えると「命を見殺しにするのか」と言われて。やむなく、一旦こちらで引き取って納得されたのですが。そのヒナを育てるためには、鶏ササミや虫などの動物性タンパク質が必要で、保護したヒナを救うために失われる命があります。漠然と命だからなんでも救うべきという考え方は短絡的に見えることがあります。動物は、人に関わる家畜やペットと、できるだけ関わらないほうがよい野生動物があり、人が取るべき距離感が違うと考えています。ヒナにはヒナの、人間の倫理観とは違う、野鳥の倫理観があります。親に見捨てられたヒナは飛ぶことを覚えず、短命に終わるという自然淘汰の掟があるんです。それを人間の尺度で「かわいそう」と捉えるのは、ラインを越えた介入になるわけです。すべての生き物が、他者の命を頂きながら生きているという自然の輪の中にいるという自覚はとても大切ですよね。何を食べるべきなのか？　という食の問題にもつながることですが。野菜にも命はあるが食べてもいいのか？　など。空腹のライオンが捕まえたインパラをかわいそうだと救うのかと言えば、それは、ライオンからしてみれば死活問題です。そうした、人間の及ばない自然の掟は大切な線引きのひとつですね。それで、ざっくりとひと括りにして「命」と僕ら人間が捉えるのは、気をつけなくてはいけないなと思っていて。個々の種族に合わせた倫理観があることを認めて、きちんと線引きするというのはとても大切だと思います。

N イオを亡くしたとき、某SNSで「猫の死は悼むのに、お肉は食べるんですか？」みたいな書き込みがあったんですけど、それは違うと思いました。人間はもともとマンモスを捕って食べて進化している雑食の生き物ですから。でもそのとき、じゃあ私は何を基準に他者の命を頂くのか？ と考えました。その答えが「幸せに生きた命を、できるだけ頂こう」だったんです。多少高くても卵なら平飼いのものを選び、お肉なら放牧環境でのびのび飼育されたものを、と。死を見るのではなく、生きた時間そのものにクローズアップしていくべきじゃないかと。死生観は、動物だけでなく人間側もここ近年、日本ではブームの思想ですけれど、その背景には戦後日本の宗教の不在というのが影響している気がしています。家庭や学校で死生観について語り合う時間というのは、ヨーロッパなら当たり前ですが、日本では稀だと思います。個々のはっきりとした指針や哲学を持ちにくい戦後日本での教育方針は、今「死と向き合いにくい日本人」を作ってしまったがゆえに、みなそのことに気がついて考え始めたのかな？ という印象を持ちました。

S そうですね。獣医師の仕事としては、動物が亡くなっておしまいなのではなく、残されたご家族の方が、その後どうやって落ち着いていかれたのかを見るところまでが仕事だと僕は思うんですよね。ところで、猫沢さんがイオちゃんの治療方針を決めるときに選んだ、僕以外の3人のドクターの意見を聞くというのはとてもいいなと思いました。人間は、想定外のことが起きるとうろたえる生き物です。だから、病気になったとき大切なのは〃いいことも悪いことも想定内に収めて考える〃ということなんです。ひとりのドクターの話を聞くよりも、ふたり、3人と増えれば、それぞれ違う視点も得られて、たとえば今回のイオちゃんのように助からない病気だったとしても、緩和ケアの選択肢の幅が広がる。そういう心の余裕を作ってくれるという点でも、サードオピニオンまで取るというのは、とてもいいなと思ったんです。もしそれがセカンド止まりですと、セカンドの獣医師が最後の砦になります。その獣医師の言うことがすべてになってしまう可能性もあります。かかりつけの先生に紹介してもらった、セカンドの先生をお断りすると、あとがなくなると考える方もいらっしゃると思うんです。だから、サードまでは必要だなと。もし、かかりつけの獣医師に、どこかほかの動物病院を紹介してもらうのであれば、セカンドだけではなく、少なくともサードまではあったほうがいいですね。僕がイオちゃんのがん告知の際に、ただちにすべてをお伝えしたのは、猫沢さんのお人柄を見て、イオちゃんの病気の進行や、今後の展望をできるだけ遠くまで見せてあげることで、想定内が増えて安心されるんじゃないかなと思ったからなんです。

N 園田先生の当時のご配慮に感謝しています。確かに〝いいことも悪いことも想定内に収めて考える〟という考え方は大事ですね。私ががん告知初期に不安になったのは、専門病院での先生の説明が「いい想定内」の話しかなかったという点にあります。それで、最終的にはサードオピニオンまで取って、自分の中で落としどころを見つけたわけなんですが。その先生の説明が上手かそうでないかもあると思います。実際に、イオの診断の際にも、待てない病気に対して高い経験値で、生きる道を最速で探してくださってとても感謝しています。そういう納得が、結果私の安楽死への納得にもなっているのかもしれません。私がイオの安楽死について考えていたとき、周りの友人は「考えたことすらないし、選択肢にもない」という人がほとんどでむしろびっくりしたんですね。これは、私がもうすでにパリで実際に動物の安楽死という倫理観に触れていたからなんだと思います。このあたりの議論について、日本は遅れている印象ですが、やはり海外では多いんでしょうか？

S 確かに多いと思います。アメリカ、ヨーロッパではありますね。イオちゃんのすぐあとに来られたのが、やはり扁平上皮がんで部位も同じ猫ちゃんだったんですが、その子のがん宣告で飼い主ご夫婦の旦那さまが大変な哀しみ様で、ちょっと心配していたんですね。ところがご夫婦の決断は、手術もしない、イオちゃんと同じ緩和ケアにされて、最後はご家族全員で見送る安楽死も考えていると。結局その猫ちゃんは、食べられないことによる衰弱死で亡くなりまして、安楽死ではなかったんですが。ご夫婦の奥さまは、幼少期にインターナショナルスクールへ通われていたので、穏やかな最期の選択肢として、安楽死という発想をもうお持ちだったのかな？　と。安楽死は、見送られる側と見送る側の、双方の暗黙の了解があって初めて成立するデリケートな問題です。扁平上皮がんがあごなど顔の部分にできると、毎日それを見なくてはいけない飼い主さんの心が折れるんですね。でも、イオちゃんにしろその猫ちゃんにしろ、手術をしなかったことで、お亡くなりになったときもとても穏やかできれいなお顔でした。手術を受けた猫ちゃんの場合、組織がなくなったりして見るのが辛いお顔になる場合が多いんです。すると、飼い主さんは亡くなるまでの間、苦しいままその日を迎えるということになってしまう。僕は、ことに扁平上皮がんは、闘ってはいけない病気だと思っています。

N　イオの最終期に頂いたフォロワーさんからのメッセージに、わんちゃんで扁平上皮がんだった子の壮絶な見送りを書いてくださった方がいたんですが、その方は、病気の宣告のショックで膝を抱えてしまって。結果セカンドオピニオンも取らず、現実逃避のように「手術します」という先生の診断を鵜呑みにした結果、1回目の手術後にすぐ再発して、結果5回もの手術の果てに愛犬を亡くされたという。3回目になると、もうあとには引けないという気持ちと虚無感しかなかったそ

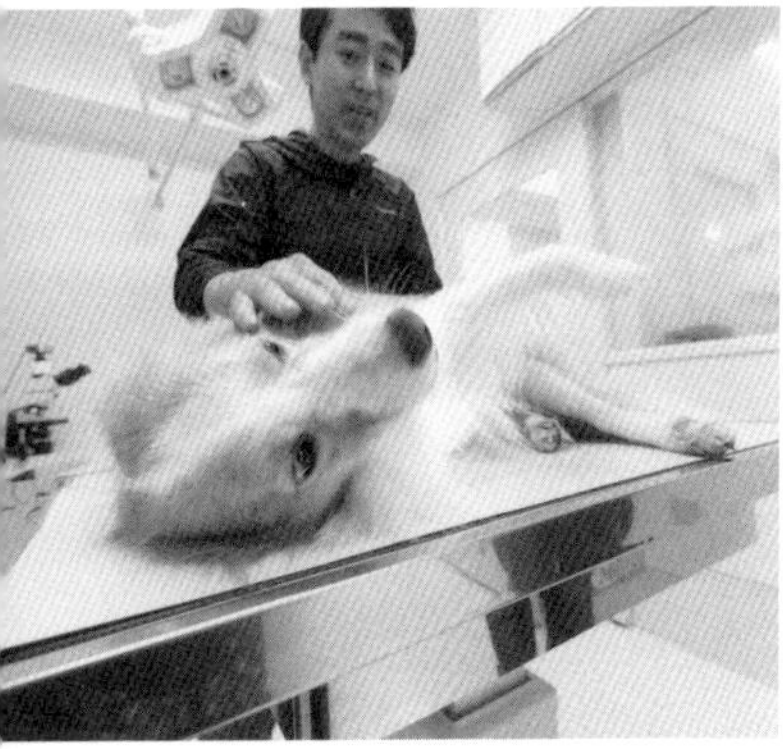

園田先生の愛犬さよちゃんは、北海道生まれのボーダーコリーでメスの4歳。先生の内緒の独り言を聞いてくれるよき理解者。

うです。なぜ、セカンドオピニオンを取らなかったのかと激しく後悔されていて。でも、それが普通だと私は思うんですよね。ショックを受けて何も考えられなくなるっていうのは。だからこそ、そこで判断される先生への信頼度っていうのは、とても大切になってくるんです。最終的に、どうするかは飼い主自身が決めることで、決して先生が決めることではないんですよね。今回、希望のない状態でイオと病院を巡る中で、苦しい気持ちになると「誰でもいいから、こうしろと言ってくれ」って思うときがありましたが、現場の先生方は、飼い主が自分で決められるように、実は細やかな投げかけや、サポートをしてくださっていたんだなと今ではわかります。

S 猫沢さんの場合は、安楽死の2週間前くらいがいちばん思い詰めているように見えました。そして、1週間前にはふっと楽になったのではないでしょうか。

N 大きな理由は、園田先生に安楽死のタイミングを教えて欲しいとお願いしたことで、私がすごくほっとしたことです。やっきになって安楽死のことばかり考えていた状態から解放されて、イオとの最後の美しい日々を過ごすことができました。はっきりとした病名がわからなかったピキとは、見送りの日々にも希望があった代わりに、亡くしたときは心の準備がひとつもできていなくて。その後、穏やかな気持ちになるのに時間がかかりました。どんな見送りにも、できることとできないことがあると思うんです。理想通りや完璧な見送りもまたない。だからこそ、ご家族が愛を持って精一杯考えて決めた見送りが、きっとご家族とその子にとって、いちばん幸せな道なんだと思います。

日本橋動物病院

〒103-0014
東京都中央区
日本橋蛎殻町1-39-7
☎03-5918-7887
http://www.nihonbashiah.jp/

Reportage sur les chats et les animaux à Paris et Tokyo

パリと東京の、猫・動物のルポルタージュ

動物愛護大国のフランス。
そしてペットが愛玩動物の立ち位置から、
人生のパートナーであるコンパニオン・アニマルへと
変わりつつある日本。
ふたつの国の猫、動物に関わる熱い人々に
お話を伺ったルポルタージュ。

Vétérinaire de Paris
パリの獣医さん

動物愛護大国のフランスで、日々、動物たちの
健康を見守る獣医師たち。本文にも登場する、
パリ時代のピキの主治獣医ザキン先生をはじめ、
動物愛に燃えるヒューマンで情熱的な獣医師が
多い印象がある。旅行で訪れるだけでは、
知る機会が稀なパリの動物病院と、
そこで働く獣医さんにお話を伺った。

ジュリアン・ジャケ先生
Dr. Julien Jacquet

ブルターニュ地方出身。École Nationale Vétérinaire d'Alfort（ENVA）にて動物医学全般を学ぶ。パリ郊外、および7年間パリ市内の動物病院に勤務後、現在は開業医。

生と死を管理する、責任ある素晴らしい仕事

旅行で訪れる範囲では、まず覗く機会のないパリの動物病院とそこで働く獣医さん。市内でも評判の獣医さんに、フランスで動物の医療に携わることについてお話を聞いてみた。

このクリニックには看板猫がいる。2014年に乳がんで亡くなるまでアイドルだったメスのミネット。2017年、クリニックによく来る動物の飼い主さんが、道端に捨てられていた仔猫を拾ってここに連れてきたのが、2代目看板猫のオスのチュルボだ。ミネットは避妊手術のために連れてきた飼い主に置き去りにされた子、そしてチュルボもまた捨て猫だ。「以前、パリ郊外で働いていたときには、毎週月曜日になるとクリニックのドアの前にダンボールが置かれていて、犬や猫が捨てられていた。パリ市内に来てからは、幸いまだないんだけど。国で許可されている安楽死を悪用して『ヴァカンスに行くから殺してくれ』って言う心ない飼い主もいることは哀しい事実だね」。動物愛護大国のフランスにも、一方で心ない飼い主もいるのだとショックを受ける。「もちろん、安楽死は治る見込みのない動物を、無駄に苦しめてはいけないと判断したときのみ選択します。飼い主さんの宗教観や愛情が大きすぎて、選択に苦しむときもありますが」。大変な決断を迫られることも多い獣医を、なぜ志したのだろうか？「子どもの頃、家にはいつも猫たちがいて、乗馬も好きで馬にもよく乗っていたんだ。動物が傍にいたから、動物医学の道に進むのはごく自然な成り行きだったと思う」そう話すジャケ先生は旅行が好きで、様々な国の動物の医療現場を見てきたという。「以前、アメリカのカリフォルニア州を訪ねたよ。アメリカは世界の動物医療の最先端を行く国で、設備も素晴らしいし、動物に対してヒューマニティー溢れる接し方をしている。ヨーロッパの人間の病院よりも進んでいるので医療費が高いなと思うけど。かたやヨーロッパを見ると、ドイツ、スイス、イギリスでは、フランスと同じ

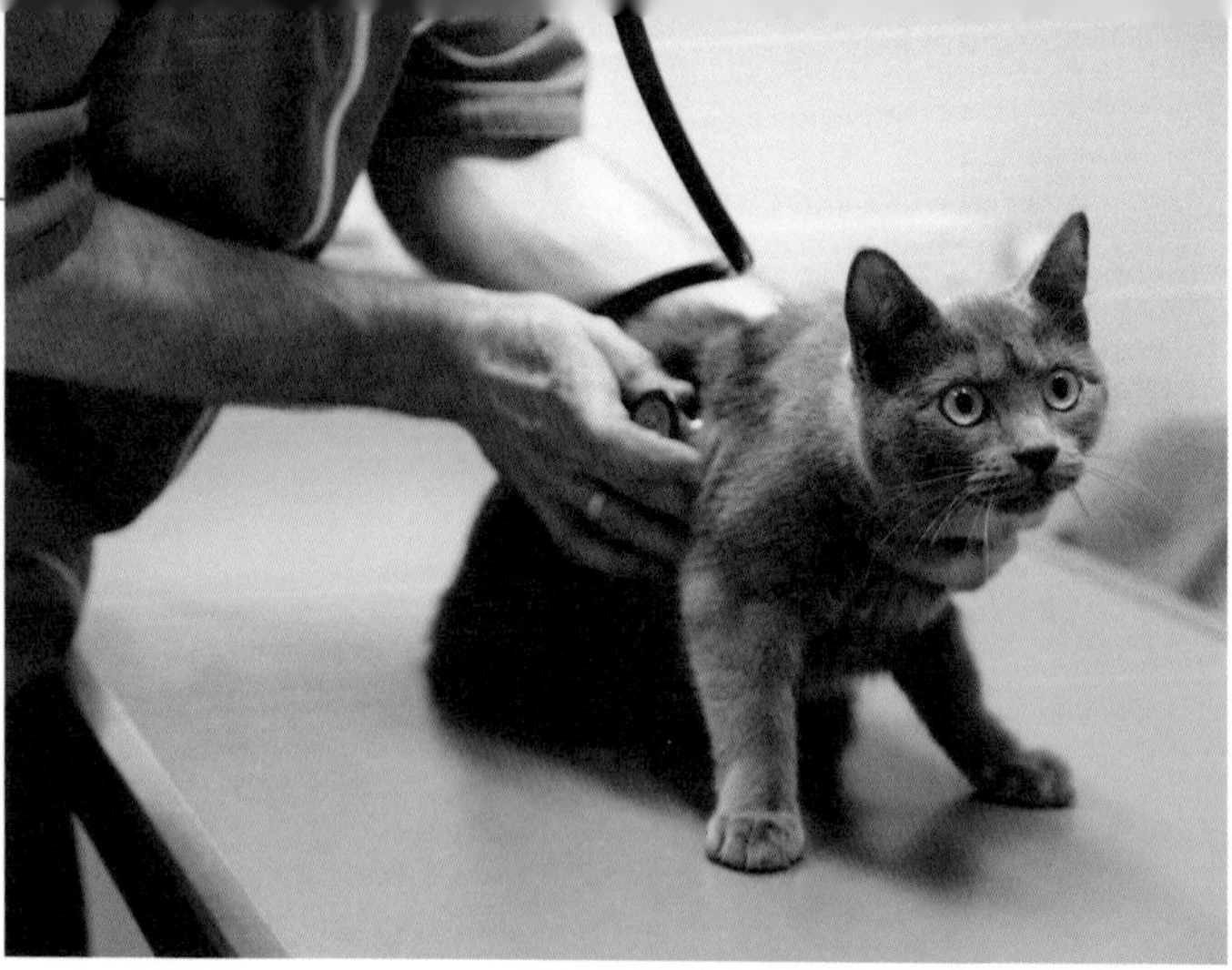

上／診察は日本の動物病院と同じように、まずは心音と呼吸音のチェックから。　下／院内は1Fの診察・治療室と、地下のレントゲン撮影・手術室の2フロアに分かれており、地下の手術室は、雑菌を強制排気する換気システムが付いている。

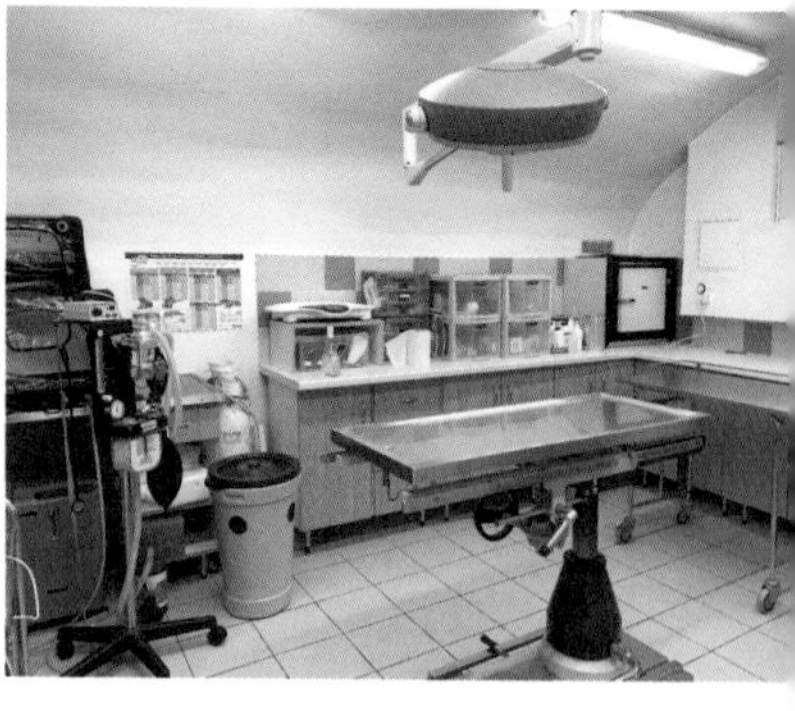

水準の動物医療が行われている。ベルギーとオランダは動物に対する重要度が少し下がる印象。さらにスペイン、ポルトガル、イタリアに関しては、動物医療の分野があまり発展していないと感じます。しかしヨーロッパ全体で見れば、動物の受け入れは非常にいいと思いますね」。ところで、長く獣医をしていて印象的だった出来事は？「飼い主さんに『猫が窓から落ちないように気をつけて』と注意するんですが、自分の猫を5階の窓から落としてしまったことがあって。飼い猫となると焦って混乱してしまい、死にそうな愛猫を同僚の獣医に助けてもらったんだ（笑）。これは印象に残る事件でしたね。それから、獣医をしていると患畜だけでなく、その家族も含めて深いお付き合いをすることもある。そんな飼い主に、ある日患畜の病気を発見して安楽死を勧めなければならないのは本当に辛いことです。獣医は動

物の〈生〉と〈死〉を管理する仕事で、手術が成功して嬉しいこともあれば『なぜ長年勉強しているのに、助けられない？』と自分を責めることもある。でもやっぱり、動物を元気にしてあげて、その家族に信頼を得ることは、最大のやりがいでしょうね」

フランスの動物病院は私立病院という立場だが、日本の農林水産省・動物検疫所に当たる政府機関の〝セルヴィス・ヴェテリネール〟だけでは、すべてを管理しきれない伝染病発生時や緊急を要する予防事態が起きたとき、国が認定した獣医任務を負うことがある。そうした環境の中で、真っ直ぐな目で「動物が大好き！」という情熱的で明るい獣医さんがたくさんいるのも、フランスの魅力ある側面だとあらためて思う。

Clinique Vétérinaire du Temple
28 rue Réaumur 75003 Paris
☎01.42.72.28.86
https://www.cliniqueveterinairedutemple.com

上／フランスの動物病院の外観は、日本とは違って、どこも統一された白とブルー。　左／クリニックは2017年に改装された。コロナ以降、衛生管理と動物たちの心のケアに力を入れている。

Le Parc des Félins
ル・パルク・デ・フェラン
（ネコ科の動物園）

イエネコの起源は、ネズミを捕獲させる目的で
飼われ始めたヤマネコの家畜化したものが、
人のペットになったという話は知られているが、
詳しく祖先をたどれば、約13万1000年前に
中東の砂漠などに生息していた
リビアヤマネコであることが近年の調査でわかった。
ルーツに近い野生ネコとは、
いったいどんな姿や暮らしぶりをしているのだろう？

Manul―マヌルネコ
「タヌキ猫！」と思わず叫んでしまったこの方。マヌルとはモンゴル語で「小さなヤマネコ」を意味する。中央アジアに分布していて、長く美しい毛皮目的の乱獲などで、絶滅危惧種になっている。

世界で唯一、ネコ科の動物園を訪ねて

パリから電車とバスを乗り継いで1時間ほど行くと、イル＝ド＝フランス地方、セーヌ＝エ＝マルヌ県の小さな田舎町に、その動物園はあった。名前にあるFélin——フェランとは、フランス語で〝ネコ科の動物〟を指していて、その名の通り、世界で唯一の〝猫ばっかりいる動物園〟なのだ。71haの広大な敷地には、26属140種類の野生ネコが、それぞれの生息地に合わせて環境を整えた広いケージで、野生に限りなく近い状態で暮らしている。創設者のパトリック・ジャルダンは、1986年にこの動物園の前身となる〝セルザ動物園〟をバス＝ノルマンディー地方に作るが、ここからネコ科動物だけを移転させて特徴のある動物園を作りたいと、1998年に〝オノー動物園〟をサントル地方にて開園。しかし、種類が増えるにつれ、より広い敷地を求めて2006年にオープンしたのがここ、ル・パルク・デ・フェランだ。

園内を案内してくれたのは、女性スタッフのオーレリー・ルーデルさん。しかし、なんだかほかの動物園に比べてやたら歩かねばならないのは気のせい？「この動物園にいる野生ネコたちは、基本、猛獣です。彼らのアクティヴな活動とテリトリーを重視する性質を尊重して、各ケージはできるだけ広く作られているの」。確かに、どこからどこまでがひとつのケージなのかわからない、鬱蒼とした森をイメージさせる園内。四つ葉のクローバーのように配置された歩道は、それぞれの動線が独立しているため、来観者の運動量が自然と多くなる仕組み。しかし彼らを単なる〝見世物〟とせず、自然の生態系に配慮した姿勢に好感が持てる。ここにいる多くの猫たちが、絶滅危惧種に指定されており、種の保存と研究が行われているが、売買されることは一切なく、貴重なDNAを守るために、ときどき他の動物園との間で繁殖目的で交換されるという。

取材チームが思わず〝タヌキ猫〟と勝手に命名した、モコモコのマヌルネコや、カナダ・アラスカに生息し、

Le chat des sables—スナネコ
アフリカからアジアの砂漠にかけて分布する。1856年、科学調査のためにサハラ砂漠を訪れたフランスの軍人Victor Lache大尉によって初めて発見され、世界に紹介されたネコ。

自然界ではまず見ることができないカナダオオヤマネコなど、濃いキャラクターぞろいの面々に、思わず「か、かわいい！　飼いたい！」と声を上げるも、すかさずルーデルさんに「はい、ダメー。野生だから飼えません」とつっこみを入れられる始末。

現在ル・パルク・デ・フェランには、30名の常勤職員と6名のトレーナーを始めとするスタッフ80名が、園の運営に当たっているが、もちろん中には動物学の専門家も含まれている。

「この園のアクティヴィティーのひとつに〝Trans' Félins〟という園内を30分間で巡る電車があります。観光のためにあるのではなく、来観者に自然問題について考えてもらうための、走るレクチャー教室なんです。ほかには、自然との共存と、環境保護をテーマにした4Dのアニメーション映画上映（これがなかなか凝っている！）も。この動物園は、ただ動物を愛でるだけでなく、そこに人間の私たちがどう関わっていけばよいのか考えるきっかけを作りたいんです」

Lynx du Canada
—カナダオオヤマネコ

北アメリカに生息するカナダオオヤマネコは、ひだ襟のような独特の首毛を持つ、絵本の中に登場しそうな風貌。単独行動が基本で、人前に姿を現すことはめったにないがここなら会える。

Oncille—ジャガーネコ

ムッとした不機嫌幼児顔が抜群にかわいいジャガーネコは、これで大人だというからたまらない！　コスタリカからアルゼンチンの北部に分布していて、オセロット、マーゲイと非常に近い種類で間違われることも多い。

貴重な野生ネコを心ゆくまで満喫し、緑豊かな園内に憩えば、よりグローバルな猫への関心が深まること間違いなし。ぜひパリから足を延ばして、訪れてみて欲しい。

Accès-アクセス

Paris「Gare de l'Est-東駅」からフランス国鉄(SNCF)のTransilien-トランジリアン-P線(Ligne P)「Provins」-プロヴァン行きに乗って約30分、「Verneuil-L'Étang-ヴェルヌイユ・レタン」駅下車。1時間1〜2本の運行。Billet-ビエ(切符)は片道8.40€。予約不要、東駅の窓口または自動券売機で直接購入。運行時間はトランジリアンのウェブサイト(https://www.transilien.com/fr/page-lignes/ligne-p)で確認できる。

駅を出てすぐ目の前にあるAutocars・Seine et Merne Expressのバス停から1番線(Ligne 01)「Rebais」行きに乗り約20分、「Lumigny-Le Parc des Félins-リュミニュイ=ル・パルク・デ・フェラン」(写真上)下車、徒歩5分。1時間1〜2本の運行。Billet-ビエ(切符)は片道1.90€(同料金のパリのメトロ切符でも乗れる)。行きと帰りのバス停は少し離れているので注意(右の地図を参照)。　帰りは「Melun」方面行きに乗る。

Le Parc des Félins

La Fortelle 77540 Lumigny-Nesles-Ormeaux
☎01.64.51.33.33
https://www.parcs-zoologiques-lumigny.fr
《営》 9:30〜19:30(開園時間は平日と週末、月ごとに30分前後異なる)
《休》 11月〜1月の月曜定休、12月〜1月の間に約1ヵ月間の冬期休園あり(期間は要確認)
＊お越しの際には、かならずHPで最新情報のご確認を。
《料》 10歳以上21.00€、3〜9歳12.50€

「Verneuil-L'Étang」駅でバスの待ち時間が空いてしまったら、目の前のRue de la Gare通りを右に直進、Rue Jules Guesde通りと交差する最初の大きな交差点の左角にカフェ「Le Royal-ル・ロワイヤル」《営》7:00〜20:00／土曜8:00〜20:00／日曜8:30〜13:30がある。カフェの向かいにバス停があるが、ここからは乗らず、かならず駅のバス停に戻って乗ること。

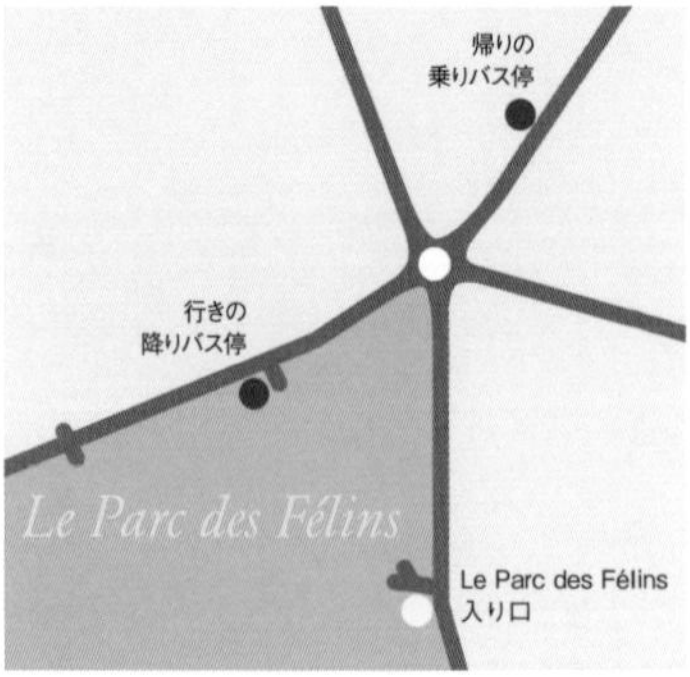

LE NOËL DES BÊTES ABANDONNÉES
パリの犬猫譲渡会

様々な動物の保護を求める活動が
盛んに展開しているフランス。
その背景には、狩猟、毛皮採取、サーカスなど、
動物を使役家畜として利用してきたあらゆる
文化的な歴史に起因するところが大きい。
フランス最古参の動物保護団体を通して、
猫の譲渡活動を見てみよう。

右／猫のケージにつけられたカードには個体識別ナンバー、名前、生年月日、性別、品種、保護された日付、キャラクターが細かく表示されている。　上／猫を貰うために必要な書類の提出と、担当者との面接を受ける一家のマダム。

新しい飼い主と幸せに巡り合う猫たち

毎年、秋になると、パリの地下鉄構内に犬と猫が写った有名なポスターが張り出される。それが動物救済財団「Fondation assistance aux animaux —フォンダシオン・アシスタンス・オザニモー」が毎年催している、パリの犬猫譲渡会の案内だ。２０１２年の譲渡会は11月24、25日の2日間にわたって、パリ14区のポルト・ドゥ・ヴェルサイユにある大きな展示会場で行われた。１９３０年、マダム・アレサンドリーによって、動物の救済、保護を目的としたフランスで最も古い歴史を持つ動物救済財団が設立された。過去およそ80年間で、8万頭の犬や猫、および使役に使われた馬やロバなどのほ乳類を始め、鳥類などありとあらゆる動物を、ヴィルヴォーテ他5ヵ所の保護施設で受け入れてきた。この財団のすごいところは、保護した動物を一切殺処分にせず、貰い手のない老齢動物などを生涯面倒見るその姿勢。国家規模の一大プロジェクトにもかかわらず、政府からの援助金は一切なく、すべて個人や企業からの寄付金で賄われているのだそう。

この日、展示会場で新しい飼い主を待っていたのは犬、猫それぞれ300頭。猫のコーナーに行ってみると、それぞれ個別に宛てがわれた清潔なケージに、きちんとケアの行き届いた猫が落ち着いて座っていて、ケージの表には、その子の名前やキャラクター、病歴、どんな環境で暮らすのが適しているかなど、丁寧な観察によって書かれた紹介カードがついている。

2012年の猫部門の広告塔になった黒猫のペッパーを抱いているのは、財団で働き始めて6年になるセリーヌさん。「この子はなんらかの事故で片脚を失って財団に担ぎ込まれたの。脚はないけど、愛情に満ちたかわいい子で、先ほど貰い手が決まったわ。貰われやすいのは、仔猫や若い子で、歳を取った猫はチャンスが狭まりますね」と話す。2021年現在、セリーヌさんのように財団で働く職員は、約150人。200人のボランティア

と共に、フランス各地の21施設を運営している。猫の譲渡に必要なものは、6歳以下の猫で平均150ユーロの譲渡費（ワクチン、医療費などを賄うものとして）と、身分証明書、住居証明書（3ヵ月以内）の提示だ。老齢猫の譲渡費は寄付金によって賄われるため無償、医療費が発生した場合は財団が負担するという手厚さ。気に入った猫がいたら、申し込み用紙に記入して、担当者との面接を受ける。

こうして譲渡会では191匹の猫たちが、新しい飼い主と幸せに巡り合った。ほかには財団の活動として、経済的に困っている飼い主とその動物のために、診察料とわずかな費用で治療が受けられる動物病院を各地に開設している。ここへ到着したときには猫が不憫に思えて涙した私は、動物愛護大国の底力をまざまざと知り、今度は温かい涙を浮かべて会場をあとにした。

P.258にも登場しているオス（去勢済み）のユリス。紹介カードには「社交的で甘えん坊」とある。積極的に、ハンディキャップのある子の里親になる人も少なくないのだそう。

譲渡会では、毎年マスコミを招き、広報活動を通して一般の人の関心喚起を促している。2012年は、歌手のソフィー・ダレルを始めとする動物好きの著名人が、動物愛護のメッセージを発信した。

Fondation assistance aux animaux

23 av. de la République 75011 Paris
☎01.39.49.18.18
http://www.fondationassistanceauxanimaux.com/

Chercher des parents adoptifs pour chat
猫の里親探し―東京キャットガーディアン

ややもするとと慈善団体は、
理想と現実がかけ離れてしまって、
難しい立場になる場合がある。
救済組織が、本当の救済を実現するには、
何がいちばん必要なのだろう。

理想を語るより、実行力で猫を救う

東京キャットガーディアンは、東京・大塚の3ヵ所と立川1ヵ所のシェルターで、猫の殺処分ゼロを目指し、動物愛護センター（動物愛護の啓発活動や、捨てられた犬猫の処分を目的に自治体が設けている施設。保健所が同様の業務を行う自治体もある）などから猫を引き取り、飼育希望者の方に譲渡する活動をするNPO法人だ。ほかにも、地域猫専門動物病院〝そとねこ病院〟や、賃貸マンションに猫が付いてくる〝猫付きマンション〟など、保護猫の新しい幸せを提案している。

創立者であり代表を務める山本葉子さんは、27歳のときに作った音楽系企画・制作会社を現在も続けながら、猫の保護活動に力を入れている。そんな山本さんは、活動のきっかけとなった苦い経験があるという。「小学生の頃、大きな野良犬が空き家で子犬を生んでしまい、友達と世話をしていたんですが、野犬狩り（狂犬病予防などの目的で野良犬を捕獲すること）を呼ばれて、目の前で子犬を持っていかれてしまいました」。そのときの衝撃をずっと心に留めていた山本さんは、成人して家を購入したのをきっかけにずっとやってみたかった動物保護の活動を始め、30頭まで増えたあと、保護団体に切り替えたという。お話を伺いに訪れた大塚の第1シェルター内にある日当たりのよい、最上階のスカイシェルターは、平日の昼間にもかかわらず、猫を探す人で賑う。里親を待つ猫たちが日光浴や追いかけっこをしてのびのび遊び、それまで私が勝手に抱いていた動物保護シェルターの薄暗い印象はまるでない。

しかし、これだけの活動をするのは資金面も含めて大変なことではないだろうか？

「センターから来て里親に行くまでの作業やケアを、すべて自分たちで行い、徹底的なコストダウンを図ることと、譲渡するときにかかった費用の一部を里親さんから頂くことにして、なんとか大赤字でないという状況まで作りました。〝ShippoTV〟という通信販売サイトも自営していて、売上金の一部が猫のごはん代やワクチン代に使われる仕組みになっています」そう話す山本さんからは、愛情や救済心だけでは如何ともし難い、現実的な運営を続けてゆくために必要な〝経営理念〟をひしひしと感じる。

「私たちは〝足りないのは愛情ではなく、システムです〟というポリシーを掲げていますが、動物愛護センターと組んだ永続性のあるシステムを確立しなければ意味がない。こうした保護団体を始めたいと相談に来られる方には『会社を経営する資質が要りますよ』というお話をするんです」。山本さんは、新しい試みとして〝猫付き賃貸マンション〟や〝猫付きシェアハウス〟を始めている。「〝新たな猫の需要を作る〟という目的を理解してくださる大家さんと組んで、ペット可の物件を使って、貰われにくい1歳以上の成猫をうちで選んで、預かり飼育ができるシステムです。もちろん飼っている間の食事や医療費は飼い主さんに払って頂きますが、元はといえば高齢者のペットに対応する方法を作って欲しいと東京都から宿題を頂いて、うちが考えたことなんです」。お歳を召してひとり暮らしをしている高齢者が、もしも先に自分が他界してしまったら……という心配なく猫と暮らせる

だけでなく、アレルギーや猫を飼うことのお試し期間としても画期的なアイディアだ。ところで、保護団体から動物を受け入れたくとも、条件の厳しさで断念する人が多いという現状については？「うちももちろん条件は掲げていますが、私たちを口説き落として欲しいんです。貰い受けるときは、定収入もあってペット可物件に住んでいたとしても、その後どうなるかは誰にもわからない。不確定な条件より『飼い主さんが食えなくなっても、ひとつのお弁当を分けて生きていく覚悟がありますか？』という部分が大事ですから」

ＮＰＯ法人化後、約13年間で、総譲渡数は８０００頭、毎月平均60頭ペースで里親探しに成功している東京キャットガーディアンは、野良猫のための去勢・避妊手術専門動物病院〝そとねこ病院〟を開設し、地域猫の過剰繁殖を減らす活動にも取り組んでいる。

愛があるからこそ、冷静で現実的な思考を持って取り組む。そんな山本さんの活動姿勢に、感銘を受けた訪問だった。

NPO法人
東京キャットガーディアン
大塚スカイシェルター

〒170-0005
東京都豊島区南大塚3-50-1
☎03-5951-1668
http://www.tokyocatguardian.org/

現在、登録ボランティア300名のスタッフによって、様々な活動が支えられている。この日も、体重測定やケージの清掃など、きめ細かなケアが見られた。使われているフードがロイヤルカナンであることも、正直驚いた。ただ保護するだけに留まらず、環境作りに力を入れているところも、猫たちが生き生きしている理由だと納得。

Habiter avec un chat

猫と暮らす—
猫付き賃貸マンション

新提案！
猫も飼い主も大家も嬉しい物件

「ちょうど引っ越しを考えて物件を探していたところ、偶然入った不動産屋さんに『広くて値段も手頃ないい物件があるから見に行かない？』と言われて。見取り図を描いたチラシをもらうじゃないですか？　そこに東京キャットガーディアンの広告が載っていて『すぐ猫と住み

森下恵子さん
Keiko Morishita

職業：エジプト大使館秘書
居住形態：1DK（36.04㎡）、
家賃9万9000円の賃貸マンション
飼い猫：ルナ（白斑雑種）1歳・メス

ダイビングが趣味という森下さんは、訪れたモルディヴでイスラム教の教えに触れ、改宗したという面白い経歴を持つ。現在は、その知識を生かしてエジプト大使館に勤めている。

たい場合はここに連絡してください』と書いてありました。猫と住めるってどういうこと!?　と思いながら、猫を飼いたくてしょうがなかったし、もうここしかないと思って」そう話す森下さんは、これまでにもたくさんの猫と暮らしてきたが、ここへ引っ越す前はペット飼育不可の物件だったため、猫を飼うことができなかったという。念願叶って一緒に暮らすルナは、東京キャットガーディアンから迎え入れたという。

「もともとペットショップの猫をお金で買うという発想はありませんでした。『レンタル・譲渡できるのは、1年以上の大人』と書いてあったんですけど、里親がつきにくい大人の猫でもいいし、ハンディキャップのある子でもいいなと思ったんです。猫を見に行ったとき、ルナに気に入られたのか、私の膝の上から下りなくなっちゃって。当時、彼女は9ヵ月でしたけど『相性が大切だから、1歳未満ですけどいいですよ』って決まったんです」

物件に猫を付けることで、成猫の譲渡先を増やす画期的な試みは、どのようにして生まれたのだろうか？　企画に賛同し、現在、森下さんが住んでいるマンションを含め、都内に3軒の猫付き賃貸マンションを持つ不動産会社・ゴキゲンホネグミの代表、後藤専さんにお話を聞いてみた。「うちが管理しているオフィスビルのひとつが、東京キャットガーディアンの山本さんが借りているビルなんです。僕はテナントさんとできたら仲よくなりたいという形で経営しているので、山本さんとお会いした際に、どんなことをやっていらっしゃるか聞いたら、NPO法人で殺処分の猫を救う事業をやっていると。すごく尊いことをやっているんだなと思って『僕にも協力させてください』と言って始まったのが、猫付き物件だったんです」。猫付きであることを付加価値にできる大家さんと、数少ないペット可物件に住める借り手。そして、殺処分から救われる猫の三者全員が幸せになれる完璧なシステム！　猫を飼ってみたい人が、飼いきれるかどうか？　を試したり、アレルギーが出ないか様子を見るのにもいい、〝猫はレンタル、物件は猫と暮らしても暮らさなくても可〟というストレスのない広い選択肢を設けている。前出の山本さんのお話では「レンタルで貸し出した猫に飼い主さんの情が移って、今のところ100％貰われている」とのこと。そして、レンタル・譲渡した猫について、常に相談できる体制も整っている。

「今までルナを見ていた団体に、引き続き相談できるのは安心です。トイレのしつけもできているし、社会性を身につけた子を貰えるので、初めて猫を飼う人はすごく楽だと思うんです」と森下さん。ところで後藤さん、こうした物件を今後も増やしていく計画ですか？「はい。圧倒的に集客できますし、みなさん長く居てくれる。入居者が出て行くことになると、中をきれいにするのは大家側にも負担がかかるんですよ。経済的なメリットも大きいですよね」。柔軟な大家さんが、新しいアイディアを持つ保護団体とタッグを組んで、飼い主と猫を幸せにする素晴らしい正三角形がこうして生まれた。

ゴキゲンホネグミ

〒151-0053
東京都渋谷区代々木3-1-11
パシフィックスクエア代々木2F
☎03-6869-1815

※物件情報はHPに掲載していて、電話での問い合わせも可能。2年更新、敷金2ヵ月（ペット付き賃貸マンションも同じ条件。契約終了の際に修膳費用以外は返還される）、礼金に関しては物件による。

Pompes funèbres pour animaux

ペットの葬儀―ペットエンジェルゲイト

いつかは訪れる、
パートナーの旅立ち。できることなら、
明るく心穏やかな
対応をしてくれるところで、
最後を大切に見送ってあげたい。

〝最後の時〟を、心安らかに見送るために

ピキの逝去時、何よりも心の負担となったのが、哀しみの中でのペット葬儀社探しだった。辛いことだけれど、パートナーの安らかな旅立ちのために、少しだけ考えてみることも必要かもしれない。都心部唯一のペット霊園・ペットエンジェルゲイトは、そうした飼い主の気持ちをどう汲みながら葬儀を営んでいるのだろうか？「火葬のときやすべての場面で、私たちが飼い主さんを急かすということは、絶対にやってはいけないものだと思っています。飼い主さんが少し落ち着くまで、時間の許す限り静かに見守ります。お骨上げのときに泣かれる方もいらっしゃいますが、涙をちゃんと流すことも、ペットロスの軽減には大切な過程ではないかと思うんです」そう、言葉をひとつずつ選びながら静かに話すのは、獣医

科卒歴を持つ東京池袋のスタッフ、河本光二郎さん（写真左下）。しかし、スタッフも同じく辛い仕事なのでは？
「いいえ、幸せな職業だと思っています。なぜなら、ここにやってくる動物はみな、愛されて生きた子ばかりなんです。いい生涯だった子たちの最後を見送る仕事ですから、私たちは努めて静かに明るい対応を心がけています」と、セレモニースタッフ。東京山手線内では唯一の火葬炉と葬儀場を一体で持つペットエンジェルゲイト東京池袋は、1Fエントランスから上階に設置されている都内最大級のセレモニールーム、収骨室、一家族貸切となる待合室、納骨室（希望者のみ）まで、全体が清潔感のある明るい雰囲気。ところで、ここの母体となっているNSグループは、動物専門の火葬炉を開発している会社だという。「ペット霊園業界では、火葬に当たって煙や匂いなどのトラブルが多いことも事実です。私共は、メーカーとしての火葬炉の技術の革新を図り、こうしたトラブルのない、自らの霊園を手がけるのが絶対条件だと考えています」。平成22年12月に埼玉・正丸峠で起きたペット葬儀業者の動物遺棄事件などの例もあり、一部に悪質な業者も存在する中で、飼い主の心をサポートする側面と、トラブルのない安全な火葬技術の両方をペットエンジェルゲイトはバランスよく併せ持っている。涙が川になって、パートナーの魂を天国に運ぶのだとしたら、安心して泣ける場所を私は選びたい。

ペットエンジェルゲイト東京池袋

〒171-0022 東京都豊島区南池袋2-8-16
0120-919-104（22時まで電話受付）
https://www.petangel.jp/
《料》セレモニー葬「メモリアル」5kg以下37,400円ほか、各種オプションあり。

※ペットエンジェルゲイト横浜青葉、埼玉川口もある。葬儀プランは、単独・個別火葬を含む様々なプランがあるので、HPを参照。

おわりに

巴里の空の下、時は流れる

奇しくも、このあとがきを書いている私は、ピキと暮らしたパリの空の下にいる。この本の復刊の話があった2020年の暮れは、日本も含めた世界規模のコロナ禍で、フランス入国など夢の彼方だったのに。ここ数年の世界の激動はともかく、いずれにせよ時はこうして流れる。

辰巳出版より出させて頂いた『猫と生きる。』から8年の月日が経ち、私も猫たちも生き物として成長した。そのひとつの集大成が、イオとの出逢いから別れまでに享受した〝愛と命の教え〟だった。当初私は、ふっくらと美しく復活を遂げた糖尿病寛解後のイオをパリへ連れて行こうと思っていた。初代の女子猫ピキがパリで暮らしたのだから、イオも当然パリニャンヌになってしかるべきだと。私の娘たちは、みなパリニャンヌになる運命なのだろうし、今回はギャルソン2匹もパリニャンにして……と楽しく空想していた。その矢先、突然の見送りが始まる。

人生は何もかもがある日、突然起きて、それまでの日々をがらりと変えてしまうものだ。死も同じく、私たちの力ではコントロールしきれない。その不条理さに怯えたり、まだ来てもいない約束されたその日を想像して哀しむには、私たちの命はあまりに短い。動物たちは、もっと短い。限られた命をどう美しくまっとうできるのか。寿命の長さでは測れない、命の価値について教えてくれる私たちの愛しい小さき生き物たちについて、今の私が書ける精一杯のものを書いた。イオと親友を亡くして日が浅い今回の執筆には、特別な痛みを伴った。それでも、私が書くのをやめなかったのは、ひとえにふたりへ最高の喪の仕事を贈りたかったからだ。そして私は書くことを通して、彼らが遺してくれた尊い命のメッセージを、誰よりも近くで聞いた。それをみなさんへ届けることを使命として。

この場をお借りして、復刊のお声がけをくださった扶桑社の小林孝延さん、担当編集者の北島彩さん、旧版装幀の意図を汲みながら、新しい『猫と生きる。』の世界を作ってくださったグラフィックデザイナーの若井夏澄さんにお礼申し上げます。パリのスタッフ、寺尾さん、井上さんへも。真舘さんのご遺族のみなさまにおかれましては、今回の復刊に当たり、旧データのご提供など快いご協力を賜りましたことを、深く感謝いたします。そして、インタヴューでもお世話になりました日本橋動物病院の園田開先生とスタッフのみなさま、東京猫医療センターの服部幸先生、原寛先生、ありがとうございました。ピキからイオまで、お心寄せしてくださったＳＮＳのフォロワーのみなさま、力を頂きました。心からの感謝を。

ちょうどこれを書き終えようとしていたとき、パリには夜雨《よさめ》が降った。パタパタとアパルトマンの屋根を打つ雨音が、私には最愛のふたりの娘と親友からの喝采に聞こえた。

２０２１年８月２日　パリ１区、パレ・ロワイヤルにて　　猫沢エミ

ブックデザイン／若井夏澄（tri）
校正／堀江圭子
フランス語校正／Cyril Coppini
編集／北島 彩

装幀デザイン原案／
真舘嘉浩－waters/orgasmo

猫沢エミ　Emi Necozawa

ミュージシャン、文筆家、映画解説者、生活料理人。2002年に渡仏。2007年より10年間、フランス文化に特化したフリーペーパー《BONZOUR JAPON》の編集長を務める。超実践型フランス語教室《にゃんフラ》主宰。著書に日々の生活から生み出された料理レシピとエッセイを綴った『ねこしき』(TAC出版）など多数。
Instagram：@necozawaemi @eminecozawa

猫と生きる。

発行日　2021年9月24日　初版第1刷発行
　　　　2021年10月10日　　第2刷発行

著者　猫沢エミ
発行者　久保田榮一

発行所　株式会社 扶桑社
〒105-8070
東京都港区芝浦1-1-1 浜松町ビルディング
☎03-6368-8808（編集）
☎03-6368-8891（郵便室）

印刷・製本　凸版印刷株式会社

本書は2013年に辰巳出版より刊行されたものに、加筆、修正し、増補改訂版として復刊したものです。
掲載されているデータは、2021年8月31日現在のものです。
動物の渡航および帰国に関する情報は、2002〜2007年5月当時の情報です。

ISBN978-4-594-08917-7